Rethinking
Reconstructing
Reproducing

*

———

"精神译丛"
在汉语的国土
展望世界
致力于
当代精神生活的
反思、重建与再生产

———

*

Sur Racine

Roland Barthes

——————————

［法］罗兰·巴尔特 著 汤明洁 译

精神译丛·徐晔 陈越 主编

——————

论拉辛

西北大学出版社

罗兰·巴尔特

目　录

前言　/　1

第一部分：拉辛的人　/　7

结构　/　9

 房间　/　13

 三个外部空间：死亡、逃逸和事件　/　17

 游牧部落　/　21

 两种情欲　/　26

 紊乱　/　32

 情欲"场景"　/　36

 拉辛式黑暗（tenebroso）　/　41

 基本关系　/　45

 侵犯的技术　/　50

 人们　/　58

 分裂　/　61

 父亲　/　64

 转变　/　68

 过错　/　73

 拉辛式英雄的"独断主义"　/　75

 解决办法概略　/　79

 亲信　/　83

对符号的恐惧 / 86
　　逻各斯与实践 / 89
作品 / 93
　　《德巴依特》 / 95
　　《亚历山大》 / 101
　　《安德洛玛刻》 / 107
　　《布里塔尼居斯》 / 118
　　《贝雷尼丝》 / 127
　　《巴雅泽》 / 134
　　《米特里达特》 / 142
　　《伊菲革涅亚》 / 147
　　《费德尔》 / 156
　　《以斯帖》 / 165
　　《亚她利雅》 / 170

第二部分：说拉辛 / 179

第三部分：历史还是文学？ / 191

人名地名译名表 / 216
术语对照表 / 223

译后记 / 227

前 言

这里有关于拉辛的三个研究,分别出自不同情形,但我们在此不会回溯性地为它们寻找统一。

第一个研究(《拉辛的人》)原本出现在法语图书俱乐部(Club français du Livre)出版的《拉辛戏剧》中①。这个研究的语言有点精神分析的味道,但研究方法是不怎么精神分析的。从合法性来说,因为查尔斯·毛隆(Charles Mauron②)已经有一部对拉辛进行精神分析的精彩著作③,我从他那里受益匪浅。从事实上来说,因为这里呈现的分析完全不涉及拉辛其人,而只是拉辛式的英雄:这里的分析避免从作品推及作者,也避免从作者推及作品。这是一个有意封闭的分析:我置身于拉辛的悲剧世界,我试图描述这个世界的居民(我们可以很容易在拉

---

① 《法国古典戏剧》,第六、七卷,法国图书俱乐部,巴黎,1960。
② 查尔斯·毛隆(1899—1966),法国诗人、小说家、文学批评家,他用精神分析的理论建立和发展了"精神分析批评(psychocritique)"。——译注
③ 查尔斯·毛隆,《作品的无意识与拉辛的生活(L'inconscient dans l'œuvre et la vie de Racine)》,Gap,1957。

辛的人①[Homo racinianus]这个概念下抽象出这些居民),而毫不参照他们在我们这个世界的任何来源(出处,如历史或传记)。我尝试重构的是某种既有结构又有分析的拉辛人类学:在根基上是结构的,因为这里将悲剧视作诸单元(种种"形象")和诸功能的一个系统②;在形式上是分析的,因为在我看来,一种语言只有准备好去记录对世界的恐惧——我认为精神分析就是这样的语言——,才适于与一个封闭的人相遇。

第二个研究(《说拉辛》)是一篇对国立人民剧院(TNP)上演之《费德尔(Phèdre③)》的剧评④。当时的情形如今已经过去,但让心理游戏和悲剧游戏面对面,并好像还能模仿拉辛那样去感觉,在我看来却总是现实的。而且,尽管这个研究是针对某个戏剧问题,但这里我们将看到,只有在放弃关于人物的传统概念的幻觉以抵达形象的概念时,拉辛的演员才会在那里受到称赞,**形象**即是在第一个研究中所分析的那种悲剧功能的形式。

至于第三个研究(《历史还是文学?》),则借由拉辛,完全针对属于批评的一般性问题。这个文本发表在《年鉴》杂志《辩论与

---

① 除著作名外,原文为斜体的词语在译文中均以黑体标示,下同。——译注

② 第一个研究包括两部分。用结构的术语来说,一个是系统序列的研究(这个研究分析人物形象和功能),一个是组合段序列的研究(这个研究在每部作品的层面继续延伸系统要素)。

③ Phèdre,克里特王米诺斯之女,雅典国王忒修斯之妻,结婚后爱上了忒修斯与亚马逊女王希波吕忒的儿子希波吕托斯。在拉辛的《费德尔》剧中,希波吕托斯爱的是雅典公主阿里茜。——译注

④ 发表于《大众戏剧(Théâtre populaire)》,第 29 期,1958。

斗争》栏目①,它包含一个隐含的对话者,即学院培育的文学史家。这里向这样的文学史家提出:要么着手文学制度(institution)下的真正历史(如果他想要做历史学家),要么开放地接受其所参照的心理学(如果他想要做批评家)。

关于拉辛的现实性(为什么如今还要谈论拉辛?),还需要说几句。我们知道,这个现实性是很丰富的。拉辛的作品牵涉所有有重要性的批评企图,而这些批评已经在法国盛行了十几年:吕西安·戈德曼(Lucien Goldmann)的社会学批评,查尔斯·毛隆的精神分析批评,让·波米耶(Jean Pommier)和雷蒙·皮卡尔(Raymond Picard)的传记批评,乔治·普莱(Georges Poulet)和让·斯塔罗宾斯基(Jean Starobinski)的深度心理学批评;以至于[拉辛]②这个也许是与古典的通透性结合得最为紧密的法语作家,以一种非凡的矛盾,成为唯一成功地在自己身上汇聚了这个世纪所有新语言的人。

实际上,通透性是一种模糊的价值:它既是无可说,又是极可说。因此最终,正是拉辛的通透性,使拉辛成为我们文学的真正共有之地,批评对象的某种零度,一个空无但又永远贡献意指的场地。如果文学本质上如我所以为的那样,既是意义的安置,又是意义的落空,那么,拉辛也许是最伟大的法语作家;其天才不特别在于任何接二连三构成其命运的品质(因为对拉辛的美学定义不断在变化),而更在于一种无人匹敌的可自由处理的艺术,这使

---

① 《年鉴(Annales)》,第3期,1960年5—6月。
② 方括号内中文内容为译者根据上下文补充,下同。——译注

他能够永远立足于任何批评语言的场域之中。

这种开放性并不是次要的品质,正相反,它是文学倾向极致的存在本身。写作,就是摇撼世界的意义,对其提出**间接的**质疑,作家则通过最后的悬搁,放弃回答。而答案,我们每个人都能给出一个,这带来回答的历史、回答的语言和回答的自由;但正如历史那样,语言和自由在无止境地改变,人们对作家的回答也是无止境的:人们永远也无法停止回答那没有任何答案的写作——确认,然后争论,而后替换——,意义在流走,而问题长存。

也许,这就解释了文学可以有一种超历史(trans-historique)的存在;这个存在是一种功能性系统,它有一项(作品)是固定的,而其他项(消费这个作品的世界和时间)则是变化的。但为了让游戏玩下去,为了让我们今天还能够重新谈论拉辛,必须遵循某些规则:一方面,需要作品真的是一种形式,它必须真的指称某个颤动而不是封闭的意义;另一方面,(因为我们的责任也不容小觑)人们要坚定地回答作品提出的问题,用自己的材料坚决填满被提出的意义。简言之,就是针对作家命中注定的口是心非(在确认的掩盖下质问),需要对应批评家的口是心非(在质问的掩盖下回答)。

影射与断言,言说之作品的沉默与聆听之人的言说,这就是文学在世界和历史中无尽的气息。正因为拉辛完美地兑现了文学作品的影射原则,所以他也让我们投入到充分扮演断言的角色中。因此,每个人为了自身历史和自身自由的利益,毫无保留地确认着拉辛关于历史、心理学、精神分析或诗歌的真理;借着拉辛的沉默本身,我们在他那里尝试着这个世纪向我们提出的所有语言;我们的回答永远只是昙花一现,而正因此,这些回答才能够是完整的；我们武断却有责任感，没有让我们的答案躲在拉辛的"真理"之后，我们的时代将是唯一（凭借何种假定呢？）需要发现的；而这只需要我们对拉辛的回答调动（远在我们自身之外的）我们的世界用以自说自话的所有语言，即我们的世界所上演历史的一个本质部分。

罗兰·巴尔特

第一部分

拉辛的人

L'Homme racinien

结构

La structure

在拉辛那里，有三种地中海：古代的、犹太的和拜占庭的。但在诗意的层面上，这三个空间只形成了一个水、尘和火的单一复合体（complexe）。悲剧的伟大场所是那些海洋与沙漠间干燥、狭小的陆地，阳光与阴影都具有绝对的状态。如今，去看看希腊，就足以理解微小所具有的粗暴，以及拉辛悲剧由于天性"受限"，如何与这些拉辛从未见过的地方（忒拜[Thèbes①]、布特林特[Buthrot②]、特罗曾[Trézène③]）保持一致，这些悲剧的首府只是些小城镇。特罗曾，是费德尔死去的地方，这是一片干燥并由碎石加固的土地。外面因太阳而纯粹、清净、人烟稀少；生活

---

① Thèbes，又译底比斯，位于爱琴海西北希腊中东部的波提亚，与雅典，斯巴达并称为希腊三大主要城邦。公元前4世纪初，底比斯人在留克特拉战役打败了当时的希腊世界的霸主斯巴达，成为希腊最强大的城邦。这座城市是卡德摩斯、俄狄浦斯、狄奥尼索斯、七将攻忒拜、忒伊西亚斯等故事的发生地，在希腊神话中占有重要地位。——译注

② Buthrot，布特林特（Butrint）的拉丁写法，位于阿尔巴尼亚国境最南端的萨兰达区，并与希腊的边境接壤。其最初是属于古代伊庇鲁斯地区的一座城市，据罗马作家维吉尔的说法它是特洛伊的预言家海勒纳斯创建的。——译注

③ Trézène，伯罗奔尼撒半岛的一座希腊城邦。希腊神话中，波塞冬曾与雅典娜争夺这座城市，宙斯裁决让二神分享这座城。这座城也是传说中希腊国王忒修斯的出生地。——译注

则是在阴凉处,这是一种兼具安静、隐蔽、交换和过错的生活。就是在房子之外,也不能真正喘息:到处是丛林、荒漠、无组织的空间。拉辛笔下的居所只有一个逃逸之梦,那就是海洋和船只:在《伊菲革涅亚(*Iphigénie*①)》中,所有居民都困在悲剧中,因为没有起风。

---

① Iphigénie,希腊神话中阿伽门农与克里尼丝特拉所生长女。阿伽门农在进攻特洛伊之前惹怒狩猎女神,随军祭司卡尔克斯预言必须献祭伊菲革涅亚才能平息女神愤怒。阿伽门农遂舍弃长女,使克里尼丝特拉怀恨在心,埋下了十年后杀死阿伽门农的种子。——译注

房间

　　地理特征使房屋与其外部、拉辛式宫殿与其内陆保持着一种特别的关系。尽管依据规则，戏剧场景(scène)是唯一的，但我们可以说这里存在着三个悲剧场所。首先就是*房间*①：神话洞穴的残余，这是潜藏力量(Puissance)的不可见和可怕场所——尼禄的房间，亚哈随鲁②的宫殿，犹太上帝居住的至圣所(Saint des Saints)；这个洞穴有一个常见的替代物：国王的流亡地，它充满威胁，因为我们永远不知道国王(阿穆拉特[Amurat]③、米特里达特[Mithridate]④、忒

---

　　① 除个别专名外，凡原文首字母大写的词语在译文中均以楷体标示。——译注

　　② Assuérus(即薛西斯一世[Xerxes I]，前518—前465)，波斯国王，大流士一世与居鲁士大帝之女阿托莎的儿子。在希波战争中，曾率大军入侵希腊，洗劫了雅典，摧毁了雅典卫城。死于宫廷政变。——译注

　　③ Amurat,《巴雅泽》剧中人物，以历史上奥斯曼帝国苏丹穆拉德四世(Mourad IV)为原型，是剧中主人公巴雅泽的兄弟。在剧中曾多次被提起，但彼时阿穆拉特正在攻打巴比伦，不在宫中。——译注

　　④ Mithridate,《米特里达特》剧中人物，来自历史人物本都王国国王米特里达特六世，罗马共和国末期地中海地区的重要政治人物，也是罗马最著名的敌人之一；他与罗马之间为争夺安纳托利亚而进行的三次战争，历史上称为"米特里达特战争"。——译注

修斯[Thésée①])是生是死。诸人物在谈论这个不确定的场所时，总是带着敬重和恐惧，他们几乎不敢入内，在其前方交错而过的时候总是充满焦虑。这个房间，既是权力(Pouvoir)的居所，又是权力的本质，因为权力就是秘密：它的任何形式都会使它的功能枯竭，它杀戮于无形——在《巴雅泽(Bajazet②)》中，那些缄默者和黑奥尔汗(Orcan③)带来死亡，用沉默和晦暗延伸了隐秘权力的可怕惯性④。

紧邻房间的是悲剧的第二个场所，即反房间(l'Anti-Chambre)。它是所有从属者的永恒空间，因为人们正是在这里**等待**。反房间（准确地说是反房间的场景）是一个进行传递的中间部分，它兼具内部和外部、权力和事件、隐藏和展开的性质；反房间在世界（行动之地）与房间（沉默之地）之间得以把握，它是语言的空间：正是

---

① Thésée，又译特修斯、提修斯等，传说中的雅典国王。在拉辛戏剧《费德尔》中，是费德尔的丈夫，希波吕托斯的父亲。——译注

② Bajazet，《巴雅泽》剧中人物，苏丹阿穆拉特的兄弟，在阿穆拉特外出征战时，皇后罗克桑娜爱上巴雅泽，与大臣阿科玛一起试图推巴雅泽登上王位。但巴雅泽与奥斯曼公主阿塔利德是青梅竹马的恋人。——译注

③ Orcan(又写作Orchan)，奥斯曼土耳其帝国创建者奥斯曼的儿子，奥斯曼帝国的第二位统治者。奥尔汗在位时(1324—1359)，已基本征服整个小亚细亚。——译注

④ 皇家房间的功能在《以斯帖》的这些诗句中很好地体现出来：
　　宫殿深处，君威肃穆
　　引臣民销声匿迹；
　　而一切不请自来的
　　鲁莽者必以死为代价。(I,3)

在这里,悲剧人物迷失于文字和事物的意义之间,诉说着自己的道理。因此,悲剧场景本来并不隐秘①,它更是一个盲目之地,一个从隐秘到抒发、从直接的恐惧到被言说的恐惧之焦虑的通道:它是能够被意识到的陷阱,这也是为什么安置给悲剧人物的立足点(station)总是具有极端的流动性(在希腊悲剧中,是合唱队在等待,是合唱队在安置于宫殿前方的圆形空间中或乐队席中移动)。

在房间与反房间之间,有一个悲剧的有形物(objet),这就是门。它以预示危险的方式同时表达邻近与替换(la contiguïté et l'échange),表达捕猎者与猎物擦身而过。我们在门这里苏醒,在门这里颤抖;跨越则既是诱惑又是侵犯:阿格里皮娜(Agrippine②)的全部力量都在尼禄(Néron)的门前上演。门有一个活跃的替代物,这就是面纱(《布里塔尼居斯[Britannicus③]》《以斯帖[Esther④]》

---

① 关于拉辛式场所的封闭性,参见:Bernard Dort,《拉辛式密室(Huis clos racinien)》,Cahiers Renaud-Barrault, VIII。

② Agrippine,即小阿格里皮娜,恺撒之女,奥古斯都的外孙女大阿格里皮娜的女儿。古罗马皇后,暴君尼禄(与第一任丈夫所生)的生母,布里塔尼居斯(第二任丈夫罗马皇帝克劳德一世的亲生儿子)的继母。小阿格里皮娜被认为是蛇蝎美人,贪权好势,在帮助尼禄顺利继承王位后,被尼禄杀害。——译注

③ Britannicus,罗马皇帝克劳德之子,按塔西佗的说法,布里塔尼居斯被克劳德继子尼禄在14岁前夜毒死。拉辛悲剧《布里塔尼居斯》就是讲述布里塔尼居斯的最后一日。——译注

④ Esther,《希伯来圣经·以斯帖记》中波斯帝国亚哈随鲁的王后,在阻止大臣阿曼屠杀犹太人的过程中与末底改一起立下大功,之后住在波斯的犹太人被称为"以斯帖的孩子",普珥节即是纪念流落波斯帝国的犹太人从灭种的毁灭中幸存的节日。拉辛的《以斯帖》是应法王路易十四第二任妻子曼特

《亚她利雅[Athalie①]》),在权力想要窥伺反房间或让反房间中的人处于瘫痪状态时,就需要这样一个替代物;面纱(或倾听的墙)不是一种用来隐藏的惰性物质,它是眼睑,是隐蔽观看的象征,以致反房间成为边边角角都被空间—主体包围的场所—客体;因此,拉辛的场景具有不可见者眼里和观众眼里的双重景观(《巴雅泽》剧中的奥斯曼帝国宫廷[Sérail]是表达这一悲剧矛盾的最好地点)。

悲剧的第三个场所是外部。从反房间到外部,没有任何过渡;它们彼此紧靠的方式与反房间和房间一样直接。这种邻近是通过悲剧包围物可以说是线性的本质来诗意地表达的:宫殿的墙壁延伸入海,楼梯面向待发的船只,城墙就是战斗上方的阳台,而且,如果有道路被挡住,这道路就已经不再是悲剧的一部分,它已然是逃逸。从而,悲剧与其否定之间的分隔线如此细微,近于抽象;它只是仪式意义上的**界限**(limite):悲剧反对不纯,反对所有不是其本身的事物,它既是监狱又是庇护。

农夫人(Madame de Maintenon)所写,也是对路易十四废除南特敕令(Édit de Nantes)所涉及的宗教不宽容的反思。——译注

① Athalie,古代中东国家北犹大国亚哈和耶洗别之女,与约兰王成婚,成为南犹大国的王后及太后,后任君主,为期六年。登基后大肆杀害犹太王室后人,后被险遭迫害的亲孙子约阿施处死。——译注

三个外部空间:死亡、逃逸和事件

　　实际上,外部是非悲剧(non-tragédie)的展开;它包括三个空间:死亡空间、逃逸空间和事件空间。悲剧空间从来就不包括物理上的死亡;有人说,这是出于礼规①(bienséance);但礼规在肉体死亡中所排斥的,是一个异于悲剧的因素,一种"杂质",是那丑恶现实的厚重。因为这种厚重不再能突出语言的秩序,而这语言的秩序却是悲剧唯一的秩序:在悲剧中,人永远不死,因为人一直在说话。相反,不管是以哪种方式在场景之外,对英雄来说,那就是死亡。罗克桑娜(Roxane②)对巴雅泽说的种种"**出去!**",就是死亡的各个驿站;刽子手为处死其猎物,只要撵走或带离他们就足够了,"出去!"这个动作就是一系列处死结局的模式;就好像仅仅是与外部空气的接触,就必然毁灭或打垮其猎物。拉辛笔下多少受害者就是这样死的,他们不再被这个悲剧场所保护,尽管他们

---

　　① 亚她利雅在舞台上**自杀**,在舞台外**死去**。没有什么比动作与现实的脱节更能说明问题。

　　② Roxane,《巴雅泽》剧中主要人物,苏丹阿穆拉特最宠爱的后妃。在剧中因阿穆拉特外出征战,罗克桑娜执掌大权,并爱上了阿穆拉特的兄弟巴雅泽。——译注

总是说这个悲剧场所让他们生不如死(布里塔尼居斯、巴雅泽、希波吕托斯[Hippolyte①])。这个外部死亡的主要画面就是受害者慢慢衰竭并脱离了悲剧气息,这是贝雷尼丝式(bérénicien)的东方,在那里,英雄总是没完没了地被召入非悲剧中。拉辛的人(l'homme racinien)总是从悲剧空间之外转移过来,他们绝大多数情况下都感到厌烦:他们经历了像锁链般接续的整个真实空间(俄瑞斯忒斯[Oreste②]、安条克[Antiochus③]、希波吕托斯),厌烦在此显然是死亡的一个替换——所有悬搁语言的行为都会使生命终结。

第二个外部空间是逃逸空间,但逃逸从来都只是地位较低的亲近者提出来的。种种亲信和次要人物(阿科玛[Acomat④]、查海斯[Zarès⑤])不停地建议英雄们逃上船,这只是在所有拉辛悲

---

① Hippolyte,即希波吕托斯(Hippolytus),忒修斯之子。在《费德尔》剧中,被继母费德尔爱上,但希波吕托斯爱阿里茜。——译注

② Oreste,希腊神话中阿伽门农之子。阿伽门农被妻子谋杀后,他为父报仇,杀死亲母,因此受到复仇女神惩罚。后为女神雅典娜所赦免,归国继承父位。在《安德洛玛刻》剧中,俄瑞斯忒斯爱赫耳弥俄涅,赫耳弥俄涅爱皮鲁士,皮鲁士爱安德洛玛刻,安德洛玛刻爱赫克托,而赫克托在特洛伊战争中死去。——译注

③ Antiochus,即安条克四世,是历史上科马基尼王国最后一任国王(38,41—72),罗马帝国盟友,塞琉西帝国塞琉古一世的后裔。在《贝雷尼丝》剧中,安条克爱贝雷尼丝,贝雷尼丝追求提图斯,安条克是提图斯的亲密友人。——译注

④ Acomat,在《巴雅泽》剧中是大维齐尔,即苏丹阿穆拉特之下最高级大臣,相当于宰相。——译注

⑤ Zarès,《以斯帖记》中阿曼的妻子,亚哈随鲁的维齐尔。——译注

剧中都会交错而过的无数船只中的一艘,这无数的船只是为了提醒这些悲剧,可以多么近便地否定它们①(在拉辛悲剧中,只有一条监狱式的船,那是艾丽菲尔[Ériphile②]爱上她的绑架者的地方)。此外,外部还照例是一个进行转移的空间,也就是被赋予和指定给所有非悲剧人物的地方,它就像一种颠倒的隔离,因为在这里,空间广阔是禁忌,紧凑具有优先权:亲信、仆人、信使、接生婆和卫兵这些人在这里来来去去,肩负提供悲剧事件的任务:他们的使命就是进出,而不是任何示意动作或行动。如果说整个悲剧是个无尽的教皇选举会(且总是没有结果),那么这些人就是半官方秘书,他们保护英雄不与现实有任何世俗来往,可以说是免除了他们**做事**所需的粗鄙炮制过程,而只传递给他们已经缩减为纯粹起因状态下的半成品。这就是外部空间的第三个功能:在某种只牵涉中立人群的隔离区完成行动,这种中立人群负责拣选事件,从其中每个事件中抽取悲剧要素,只给舞台带来那些以消息之名被提炼、被尊称为叙事(战斗、自杀、回归、杀人、宴会、奇迹)的外部碎片。因为面对悲剧作为唯一语言的秩序,行动就是杂质本身。

而且,没有什么能够比拉辛在《巴雅泽》中所描述的时间扭曲这种怪现象,更能表现出内在和外在两个空间的不相称:《巴雅

---

① 船待发,风召唤(《安德洛玛刻》,III,1)
停靠在奥斯提的船,自带迅捷(《贝雷尼丝》,I,3)
已然在港口整装待发的船上(《巴雅泽》,III,2)

② Ériphile,忒修斯和海伦之女,在拉辛的《伊菲革涅亚》剧中,是伊菲革涅亚的朋友,迷恋伊菲革涅亚的未婚夫阿喀琉斯。——译注

泽》中，外部时间和封闭时间之间，还有一个信息的时间，这让我们永远也不能确定被接受的事件是否与所发生的事件是同一个事件。总之，外部事件从未**结束**，它不能完成其所直接牵涉的转化：英雄被局限在反房间中，亲信给他带来的就是他从外部所能得到的唯一给养，英雄活在一种无法补救的不确定之中；他缺乏事件，总有一个多余的时间，这就是空间本身的时间。这个完全爱因斯坦式的问题构成了大部分的悲剧情节[1]。总之，拉辛的地形图是汇聚型的：一切都朝悲剧之地会合，但一切又都在那里胶着着。悲剧之地是一个**令人惊愕的**地方（un lieu *stupéfié*），震慑于两种恐惧、两种幻象之间：一个是广度，一个是深度。

---

[1]　但众所周知，尽管我迅速敏捷，
　　一条长路分隔着营地和拜占庭；
　　纵然经历了千难万险，
　　也可全然忽略（《巴雅泽》，I,1）
　　人说此战命运攸关；
　　即使按奥斯明（Osmin）计算时日，
　　上天也已早作安排，
　　此刻，苏丹或胜或逃。（《巴雅泽》，I,2）

游牧部落

　　以上就是对悲剧英雄的第一个定义：他是被局限者，至死方休。他的限度就是他的特权，被囚禁就是他与众不同之处。如果没有反因自由而得以定义的家仆，英雄在悲剧之地还剩下什么？一个与其静滞相应的光荣的社会等级。这个社会等级从何而来？

　　有些作者[1]断言，在我们历史中最遥远的时代，人们以野蛮的游牧部落（horde）方式生活；每个游牧部落由最强壮的男性控制，他无差别地拥有所有女人、孩子和财产。儿子们则被剥夺了一切，父亲的权势阻止他们获得他们所觊觎的女人——姐妹或母亲。如果他们不幸激起了父亲的嫉妒，他们就会被毫不留情地杀掉、阉割或驱逐。这些作者还说，儿子们最终会联合起来杀掉父亲，并取而代之。父亲被杀后，儿子之间就会爆发不合；他们激烈地争夺父亲的遗产，只有在自相残杀的漫长斗争之后，他们才能够在彼此间建立一个合理的联盟——每个人都放弃觊觎母亲或姐妹：乱伦禁忌就这样建立起来了。

---

[1] 弗洛伊德在《摩西与一神教》（第124页）提到达尔文和亚特金森（Atkinson）。

这个历史,即便只是一个虚构故事,却是拉辛戏剧的全部。十一部悲剧可以看作是一部本质性的悲剧,居于拉辛悲剧中的这五十多个悲剧人物组成的部落可以放在一个典型的星群上,我们会在其中重新看到原始游牧部落的种种形象和活动:父亲,是儿子们生活的无条件所有者(阿穆拉特、米特里达特、阿伽门农[Agamemnon]、忒修斯、末底改[Mardochée①]、耶何耶大[Joad②]以及阿格里皮娜自己);女人们(安德洛玛刻[Andromaque③]、朱妮

---

① Mardochée,拉丁写法 Mordecai,希伯来语为 Mordêkay,天主教思高圣经的译名为摩尔德开,是便雅悯族的犹太人。按《希伯来圣经》《以斯帖记》记载,末底改曾揭发两名太监阴谋杀害亚哈随鲁王,得王的褒奖,功绩也记载在史料上。他为了民族的信仰和尊严,得罪了宰相阿曼。他鼓励和帮助以斯帖去对付阿曼,拯救了整个民族,免遭灭绝。阿曼被处死后,末底改被封为宰相。——译注

② Joad,拉丁写法 Ioiadae,希伯来语为 Yehôyādāê,是希伯来圣经中的一个人物,亚哈谢(Ochozias)、亚她利雅(Athalie)和约阿施(Joas)在位时期的大祭司。亚哈谢将妹妹约示巴(Josheba)公主嫁给他,他成为国王的妹夫。不久亚哈谢在米吉多死亡,王位被太后亚她利雅篡夺。当亚她利雅屠杀皇子时,约示巴和耶何耶大营救了婴儿约阿施。在一次政变中,耶何耶大废黜并杀死了邪恶的太后亚她利雅。耶何耶大指导年轻的约阿施进行正义的统治,达 35 年之久,包括修复圣殿。据传耶何耶大活了 130 岁,死后被荣耀地葬在大卫城。耶何耶大的儿子撒迦利雅(Zacharie)后来被约阿施杀死。——译注

③ Andromaque,希腊神话中特洛伊英雄赫克托妻子,在特洛伊战争中失去了全部亲人(主要被阿喀琉斯所杀),自己沦为阿喀琉斯之子皮鲁士的侍妾,为皮鲁士生下三个儿子,引来正室赫耳弥俄涅的嫉妒和迫害,后被赫耳弥俄涅的情人俄瑞斯忒斯杀死。——译注

[Junie①]、阿塔利德[Atalide]、莫妮姆[Monime②]),同时是母亲、姐妹和情人,总是被觊觎,但很少被得到;兄弟们,总是敌人,因为他们相互争夺一个并未完全死去之父亲的遗产,而父亲则总是会回来惩罚他们(厄特克勒斯[Etéocle③]与波吕尼克斯[Polynice④]、尼禄与布里塔尼居斯、法尔纳斯[Pharnace⑤]与希法赫斯[Xipharès⑥]);儿子们,在父亲的恐怖和摧毁父亲的必要之间撕

---

① Junie,《布里塔尼居斯》剧中人物,布里塔尼居斯的未婚妻,尼禄至爱。在罗马历史上,布里塔尼居斯是罗马皇帝克劳德亲生儿子,因继母阿格里皮娜阻挠,未能继承王位。尼禄是阿格里皮娜与前夫的儿子,在阿格里皮娜的阴谋诡计帮助下成为罗马皇帝。——译注

② Monime,《米特里达特》剧中人物,米特里达特(与罗马敌对)未婚妻,米特里达特假死后,为其子希法赫斯所爱。——译注

③ Etéocle,希腊神话中俄狄浦斯的长子,安提戈涅的哥哥,因王位继承与其弟波吕尼克斯争执,受父亲诅咒。在波吕尼克斯攻打忒拜之战中败亡。《德巴依特》剧中人物。——译注

④ Polynice,希腊神话中俄狄浦斯的次子,安提戈涅的另一个哥哥。在俄狄浦斯流放科洛尼期间,与其兄厄特克勒斯轮流执政。但因喜好征战,拒绝让位,终致兄弟战争,双双毙亡。——译注

⑤ Pharnace,历史上本都王国国王米特里达特六世的儿子,背叛父亲亲近罗马。米特里达特死后,法尔纳斯将父亲遗体送往庞培。——译注

⑥ Xipharès,历史上本都王国国王米特里达特六世的另一个儿子。在《米特里达特》剧中,与父亲的未婚妻莫妮姆的爱情成为父子矛盾的核心。——译注

扯至死(皮鲁士[Pyrrhus①]、尼禄、提图斯[Titus②]、法尔纳斯、亚她利雅)。乱伦、兄弟敌对、弑父、儿子的颠覆,这就是拉辛戏剧的基本情节。

我们不是很清楚这代表着什么。按照达尔文的假设,这是在人性之几乎反社会状态下的古老民间创作基底吗？按照弗洛伊德的假设,这是我们每个人童年中再现心理(psyché)的最初历史吗？我看到的仅仅是,只有在(处于特别早期的人类历史或心理的)古老神话层面才能发现拉辛戏剧的协调③:语言的纯净、十二音节诗④的优雅、"心理"的精确性以及遵循形而上学的惯例,这些在此只是微不足道的保护;古代底蕴就在那里,非常切近。这个原始情节不是由**人物**(*personnage*,就该词的现代含义而言)上演的;拉辛与其时代一起更为确切地将其称为**演员**(*acteurs*);这实际

---

① Pyrrhus(前318—前272),古希腊伊庇鲁斯国王。生于亚历山大大帝死后分裂的希腊化世界,是小国伊庇鲁斯的王子,罗马称霸亚平宁半岛的主要敌人之一。阿喀琉斯之子,娶海伦之女赫耳弥俄涅,收赫克托之妻安德洛玛刻为妾。——译注

② Titus(41—81),罗马帝国弗拉维王朝的第二任皇帝,79—81年在位。提图斯以主将身份,在公元70年攻破耶路撒冷,大体上终结了犹太战役。提图斯出生时,弗拉维家族仍是罗马的骑士阶级,提图斯是维斯帕先的长子。他从小在宫中受教育,与皇帝克劳德之子布里塔尼居斯友好。——译注

③ "拉辛为我们描绘的不是人之如其所是的样子,而是有点在自我之下或之外的样子,如果不是在戏剧中,家庭中的其他成员、医生和法官就会开始为此担忧了。"(见:查尔斯·毛隆,《作品的无意识与拉辛的生活》。)

④ alexandrin,又作亚历山大体诗歌,由两个六音节半句诗句构成,总共十二个音节。在前后两个六音节之间使用"半逗律",即在所有诗行的中腰用相当半个逗号的停顿将其分成前后两半。——译注

上涉及面具(masques)和形象(figures)要吸纳差异,这不是他们公民身份的差异,而是他们位置的差异,在使他们保持封闭的一般构形中的位置差异;时而是功能将他们区别开来(例如,父亲与儿子对立),时而是相对于家系中最退化形象的自由程度(皮鲁士代表着比尼禄更自由的儿子,法尔纳斯比希法赫斯更自由,提图斯比安条克更自由,赫耳弥俄涅代表着比安德洛玛刻更不顺从的忠诚)。拉辛式的话语也传达着大量共有语言,就好像只是同一个人在通过不同的言说表达;相对于这个深彻的言说,拉辛语词极为纯粹的裁剪就像真实召唤那样发挥着作用;语言在这里是格言式的,而非写实的,它有意要供人引用。

两种情欲

因此,悲剧的单元不是个体,而是形象(figure),或者,更合适的说法是,定义形象的功能。在原始游牧部落中,人的关系被置于两种主要范畴之下:觊觎关系和权威关系。我们在拉辛那里不断重新发现的正是这两种关系。

有两种拉辛式情欲(Éros)。第一种在遥远社群中的情人间诞生:他们共同长大,从儿时就相互爱恋,或一个爱恋另一个(布里塔尼居斯与朱妮,安条克与贝雷尼丝,巴雅泽与阿塔利德[Athalide])。在这里,这种爱情的生成包含一段时间,有一种不可感知的成熟过程。在每对情侣之间,总的来说有一个媒介,那就是时间的媒介、过去的媒介,简言之,合法性的媒介。他们的父母本身已经建立了这些爱情的合理性:情人都是被允许觊觎的姐妹,因此,她们也是安定的因素。这种爱情可以称之为兄妹情欲(l'Éros sororal①),

---

① L'Éros sororal,直译是"姐妹情欲",巴尔特在这里借用的是人种学术语 sororal,表示青梅竹马的男女情欲。在人种学中 famille sororal 表示长兄对家中姐妹和孩子具有权威,但这与中国传统中的"长兄为父"不同,因为这种"权威"可以导致 polygynie sororal,即一个男人与多个姐妹通婚的一夫多妻制(且因为多个妻子之间是姐妹关系,较不容易产生冲突,这种一夫多妻制颇受

其前途是安宁的,它只有外在于自身的冲突。可以说,这种爱情的成功在于其起源本身:生来就通过某种媒介被接受,不幸对它来说也不会是致命的。

相反,另一种爱情则是直接的爱,它突然发生,其生成不容任何潜在因素;它以一种绝对事件的方式,涌现着一般来说唐突确定的过去所显示的事物(**我看到他,我中意她**,等等)。这个情欲—事件,就是将尼禄与朱妮、贝雷尼丝与提图斯、罗克桑娜与巴雅泽、艾丽菲尔与阿喀琉斯(Achille)、费德尔与希波吕托斯联结在一起的事物。英雄在这里就像被某种绑架震慑和束缚住了,这种震慑总是某种视觉范畴的震慑(我们还会就此做以讨论):爱,就是看到。这两种情欲是不相容的,人们不能从一个转入另一个,从狂喜之爱(l'amour-ravissement,总是被谴责)转入绵延之爱(l'amour-durée,总是被期待),这就是拉辛笔下失败例子的基本形式。也许,未能**感到狂喜**的不幸情人,总是可以尝试用兄妹情欲这样的替代物来取代直接情欲。例如,他可以列举人们可能有的爱他的种种**理由**①,试图在这有所缺乏的关系中引入某种媒介,

---

青睐)。为避免在中国读者的语境中,与"姐妹情"相混淆,故译作"兄妹情欲"。后文在谈到巴雅泽与阿西妮、莫妮姆与希法赫斯的同类情欲时,因具体细节的不同,分别译作"姐妹情欲"和"姐弟情欲"。——译注

① 老天爷,睁开眼吧,让我们想想
贝雷尼丝属于您,这有数不清的理由(《贝雷尼丝》,III,2)
什么!夫人,那些他为取悦您而给予的照顾,
让您之所为、所可为,
构成对他的伤害、尊重,尤其是诱惑,
所有这些发自内心的东西难道与您不相称吗?(《巴雅泽》,I,3)

并诉诸某种因果性；他可以想象由于不断被见到，人家就会爱他；好像作为兄妹之爱(l'amour sororal)基础的共处，就可以最终产生这种爱。但这恰恰是**理由**，也就是注定会掩盖不可避免之失败的语言。更恰当地说，兄妹之爱是一种乌托邦，一个过于古老、过于未来的远方(其制度变体就是婚姻，这对拉辛来说是非常重要的)。真实的情欲，**被描绘的**(*peint*)情欲，也就是被固定在悲剧画面(tableau)中的情欲，是直接情欲。确切地说，因为这是一种捕猎式的情欲，它预设着(就本义来说的)意象的完全有形的东西，一种**透视法**(*optique*)。

我们对拉辛笔下恋人的年龄和美貌一无所知。对于费德尔是否非常年轻或尼禄是否是少年、贝雷尼丝是否是成熟女人以及米特里达特是否仍然富有魅力这样的问题，人们会定期地发生激烈的争执。我们当然知道那个时代的规则，**人们可以向一位 14 岁的小姐表露爱意，而这位小姐并不会因此而被冒犯**，以及 **30 岁以后的女人是丑的**。但这并没有太大关系：拉辛笔下的美貌是抽象的，在此意义上，这种美貌总是**被指定的**。拉辛说：巴雅泽讨人喜欢，贝雷尼丝的手很漂亮；在某种程度上，概念摆脱了事物①。可以说，在这里，美貌是一种礼规，是层次的标志，而不是解剖学

---

① 例如：
　　这个骄傲的公主刺穿了他优美的胸膛……
　　我感到他优美的身体在我怀中冰凉……(《德巴依特》，V,5)
　　众所周知她充满魅力，她如此美丽的双手
　　似乎会向您索要人类帝国。(《贝雷尼丝》，II,2)
　　巴雅泽讨人喜欢；他活在永福中……(《巴雅泽》，I,2)

上的禀性:一点也不需要在所谓身体的形容上作任何努力。

不过,拉辛式情欲(这里涉及的将至少是直接情欲)从未经过升华处理。这种情欲一出来就是一副全副武装和**尽善尽美**的纯视觉,它在对方身体的永恒魅力中动弹不得,它会无限期地再现形成这种情欲的原初场景(贝雷尼丝、费德尔、艾丽菲尔、尼禄**回忆爱之诞生**①)。这些英雄对其亲信的叙述,显然不是一种告知,而是名副其实的强迫症程式(protocole)。况且,因为在拉辛那里,爱是对迷惑力的纯粹考验,它与恨区别不大;恨是明确有形的,它是对他人身体的剧烈感觉;和爱一样,恨也诞生于视觉,并沉浸在视觉中;和爱一样,恨也会产生欢乐的浪潮。拉辛在他的第一部戏剧《德巴依特(*Thébaïde*)》②中,很好地给出了这一肉体之恨的理论③。

因此,拉辛直接表达的是异化,而不是欲望。如果我们考察拉辛笔下的性(sexualité)——这种性与其说是来自本性(nature),不如说是来自处境(situation)——,这一点就非常明显了。在拉辛戏剧中,性别(sexe)服从于悲剧形象间的基本位置,这是一种力量关系;在拉辛的戏剧中,没有**人物个性**(这也是为什么,如果要争论人物的个体性,如果要问安德洛玛刻是否妖艳或巴雅泽是否

---

① 在更一般的意义上,叙事绝不是悲剧的死亡部分;恰恰相反,叙事是悲剧的幻影部分,即在某种意义上,叙事是悲剧最深刻的部分。

② 讲述的是俄狄浦斯的两个儿子厄特克勒斯和波吕尼克斯以及女儿安提戈涅的故事。——译注

③《德巴依特》(IV,1)给出了有形仇恨的理论。封建制度通过让身体屈服于骑士仪式化的身体,将其对手的情欲升华了。我们在《亚历山大》(亚历山大和波鲁斯之间的冲突)中看到这种升华的痕迹:亚历山大具有骑士风度,但确切地说他是在悲剧之外的。

雄健,这都是绝对徒劳的),只有处境,且是在"处境"这个词几乎形式化的意义上如此:一切都是在强大与弱小的一般星群中找到其自身存在的位置。拉辛将世界划分为强大与弱小、暴君与俘虏,这在某种程度上是对性别分野的延伸;正是人们在力量关系中的位置,将某些人归入男性气质,另一些人则被归入女性气质,而这与其生物学性别无关。存在着有阳刚之气的女人(掌权就够了:阿西妮[Axiane①]、阿格里皮娜、罗克桑娜、亚她利雅)。存在着有阴柔之气的男人,不是因其性格,而是因其处境:塔克希尔(Taxile②),他的懦弱在亚历山大的强势面前,就是柔弱无力,就是突破口;巴雅泽既被俘虏又被觊觎,那么拉辛特有的抉择,就会让他被杀或被强暴;希波吕托斯在费德尔的权威之下,为费德尔和更多处女所欲求,(拉辛试图为希波吕托斯"去女性化",遂让他爱上阿里茜[Aricie],但这个"去女性化"并没有成功,正如其同时代人的判断所表明的:初始处境太强大了);最后,布里塔尼居斯为尼禄所恨,但也没少跟尼禄处于某种情欲关系之中,因为只要仇恨与权力一致,就足以让性别共享:尼禄在布里塔尼居斯的痛苦中所享受到的快感,就像在所爱和所折磨的女人那里享受到的快感一样③。我们看到这里出现了拉辛式宿命的第一个轮廓:一个

---

① Axiane,《亚历山大》剧中人物,印度皇后,印度国王波鲁斯和塔克希尔争夺的对象。——译注

② Taxile,古印度政治人物之一,约与亚历山大大帝同时代。亚历山大大帝远征印度时,他向其臣服并受到礼遇,参加了在印度河流域的战争。在拉辛悲剧《亚历山大》中,塔克希尔是克莱奥菲尔的弟弟。——译注

③ 尼禄和布里塔尼居斯之间的情欲关系在塔西佗那里是明示的。至于希波吕托斯,拉辛让他与阿里茜相爱,生怕观众把他当作同性恋。

纯粹来自情势（被俘或暴政）的简单关系，会被转变为十足的生物学给定，转变为在性别上的处境，转变为一个本质上的偶然。

"星群"在悲剧中很少改变，性（sexualité）在其中一般也是固定不变的。但一旦力量关系停止、暴政衰退，性别（sexe）本身也倾向于发生改变和转化。亚她利雅是拉辛笔下最阳刚的女人，她对约阿施的"魅力"有感觉，她只要放开自己的权力，就可以让她的性（sexualité）变得混乱：一旦"星群"现出要改变的样子，新的分化就会产生，新的性别（sexe）就会诞生，亚她利雅**变成**了女人①。反过来，那些从身份上就在所有力量关系之外（也就是在悲剧之外）的人物没有任何性别（sexe）。亲信、家仆、出主意的人（例如，步洛［Burrhus②］被尼禄轻蔑地排斥在情欲之外③）从来不会进入有关性的生存（l'existence sexuelle）。显然正是在那些明显去性化的人那里，如接生婆俄诺涅（Oenone）或宦官阿科玛，爆发着与悲剧最相反的精神——存活的精神：只有在性别（sexe）缺席的情况下，才能定义生命；这种生命不是力量的临界关系，而是一种生命绵延，一种作为价值的绵延。性别（sexe）在悲剧中具有优先性，因为它是原初冲突的第一个属性：不是各种性别（sexes）制造了冲突，而是冲突定义了各种性别（sexes）。

---

① 朋友，两天了，我认不出她了。
这不再是那个光彩照人、勇敢无畏，
在其怯弱性别之上培养起来的皇后……
她飘摇、犹豫；简言之，她是女人。（《亚她利雅》，III，3）
② Burrhus，《布里塔尼居斯》剧中人物，尼禄的执政官。——译注
③ 但相信我，爱是另一门知识，
步洛；直到现在，我也很难
贬抑您的朴素。（《布里塔尼居斯》，III，1）

紊乱

因此,构成拉辛式情欲的就是异化。随之而来的就是,不是用种种造型项来处理人的身体,而是用种种魔法项来处理人的身体。我们已经看到,年龄和美貌在这里都没有任何分量:身体从来没有阿波罗式物体的样子(对拉辛来说,阿波罗主义[Apollinisme ①]是死亡的标准属性,因为身体成为雕塑,也就是成为过去的荣耀,**被安置好的**事物)。拉辛式的身体基本上都是不安、背叛和紊乱。衣服(我们知道它以模糊的方式延伸身体,既是为了掩盖身体,又是为了显耀身体)负责使身体状态戏剧化:如果身体有过错,衣服就事关重大;如果身体充满不安,衣服就自行松解。这里,衣服隐含的动作是揭露(费德尔、贝雷尼丝、朱妮)②,是同时对过错和诱惑的证明,因为在拉辛这里,肉体的紊乱在某种程

---

① 阿波罗主义是尼采使用的概念,即崇尚形式和谐的风格。——译注
② 美人,毫无装饰,一丝不挂
　一种刚从睡眠中叫醒的美丽。(《布里塔尼居斯》,II,2)
　让我撩开这些解开的头纱
　以及遮蔽眼睛的散乱头发。(《贝雷尼丝》,IV,2)
　这些虚妄的装饰,这些让我不安的面纱!(《费德尔》,I,3)

度上总是一种要挟、一种寻求怜悯的企图（有时会推向对施虐者的挑衅①）。这就是所有肉体紊乱的隐含功能，拉辛记录了大量这样的紊乱：脸色红润、脸色苍白、脸色忽红忽白，叹息，最后是哭泣。我们知道这些心烦意乱的情欲力量：它们总是牵涉某种含糊的事实，这个事实既是表达又是行动，既是庇护又是要挟。简言之，拉辛式紊乱本质上是**一种符号**，也就是一种信号和威吓。

最戏剧性的不安，也就是与悲剧最一致的不安，就是触及拉辛的人生死攸关核心的不安，就是人物语言的不安②。有人提出性的本性就是禁言，这在拉辛式英雄那里就十分常见——这个禁言完美地表达了情欲关系的贫瘠和静滞：为了与贝雷尼丝断绝关系，提图斯变成了失语症者。也就是说，借此一举，他既避而不答，又自行辩解：在这里，"**我太爱你了**"与"**我没那么爱你**"约简为一个共同的符号。逃避言说，就是逃避力量关系，就是逃避悲剧：只有极端英雄（尼禄、提图斯、费德尔）才能够达到这种极限，所以，他们的搭档会尽快将他们拉回［悲剧］，并在某种程度上**迫使**他们重新找回语言（阿格里皮娜、贝雷尼丝、俄诺涅）。缄默有一个对应动作——昏厥，或至少它的高贵版本——消沉。这总是会涉及一种双语式的行动：瘫痪像逃避一样，倾向于否定悲剧秩

---

① 让他去，让他去，菲尼斯（Phénice），他会看到他的杰作……（《贝雷尼丝》, IV, 2）

② 尤其是：
　　我欲言又止……（《布里塔尼居斯》, II, 2）
　　从第一个词开始，我舌头发胀
　　在嘴里僵硬了无数次。（《贝雷尼丝》, II, 2）
　　看不见，我无法说话。（《费德尔》, I, 3）

28　序;瘫痪也像要挟一样,仍然参与力量关系。因此,拉辛式英雄每次诉诸身体紊乱时,这也是某个悲剧性自欺的标志:英雄在和悲剧**耍花招**。实际上,所有这些行为以欺瞒悲剧现实为目的,它们是一种放弃(此外,也是一种暧昧,因为放弃悲剧,也许就是重回现实),它们佯作死亡,它们是自相矛盾的死亡、有用的死亡,因为人死还能复生。紊乱自然而然是悲剧英雄的特权,因为只有悲剧英雄才会参与到力量关系之中。亲信们可以参与到主人的不安之中——通常还要试图安抚这种不安,但他们自己从来都不掌握任何不安的惯常语言:一个好的亲信是不能昏厥的。例如,悲剧英雄不能睡觉(除非像尼禄那样是睡眠不佳的怪物);阿尔卡(Arcas①)睡觉,阿伽门农醒着——或更佳,阿伽门农做梦,这是休息的高贵形式,因为它焦虑不安。

总之,拉辛式情欲对身体的呈现,只是为了打乱身体。看见对方的身体,会使语言②紊乱和失常:要么是夸大(在过度理性化的话语中),要么是禁忌。在面对他人的身体时,拉辛式英雄的行

---

① Arcas,《伊菲革涅亚》剧中人物,阿伽门农的仆人。——译注

② 当然,对敌对方身体的迷恋在仇恨的处境下也会产生。以下是尼禄如何描述他与阿格里皮娜的关系:

> 远离她的眼睛,我命令,我威胁……
> 但是(我在这里向你展示我完全赤裸的灵魂)
> 当我的不幸将我带回她的视野,
> 我还不敢违背权力
> 从她眼里,我早就看懂了我的责任……
> 但最后我的努力于我毫无用处;
> 我受到震撼的天资在她的天赋面前颤抖。(《布里塔尼居斯》,II,2)

为从来都不会是**恰到好处**：真实的接触总是失败。那么，拉辛式情欲就没有任何美好的时刻吗？当然有，但就是在这个情欲不真实的时候。仅仅在对方的身体只是意象（image）的时候，它才是让人幸福的；拉辛式情欲的成功时刻，总是在回忆中。

情欲"场景"①

拉辛式情欲永远只通过叙事表达。想象总是回溯性的,回忆总是带有意象的尖锐性,这就是支配真实与非真实交流的程式。人们像回想某种真正"场景"般回想爱情的诞生:回忆是如此条理清晰,以至于完全可以随时调用,极可能有效地自由回想。因此,尼禄在回想中看到他爱上朱妮的那个瞬间,艾丽菲尔在回想中看到阿喀琉斯引诱她的那个时刻,安德洛玛刻在回想中看到皮鲁士成为她仇恨之所在的时刻(因为仇恨就是爱情的延续);贝雷尼丝意乱情迷地在回想中看到提图斯被尊为神,费德尔因在希波吕托斯那里看出忒修斯的**意象**而激动不已。这里似乎有某种鬼魂附身的感觉:过去重回当下,然而过去并没有停止被构造为回忆;主体经历场景,但既不会被场景吞没,也不会被欺骗。古典修辞学有一个表达这种想象过去的辞格,那就是形象化描写(hypotypose,**想象一下,提图斯,两眼放光**……);当时有一个专论②提到,在

---

① La « scène » érotique, scène 一词除了表示"场景""场面",另有"舞台"的意思。本书中根据具体语境译为"场景"或"舞台"。——译注

② P. Bernard Lamy,《说话的修辞或艺术(*La Rhétorique ou l'art de parler*)》,1675。

形象化描写中，**意象代替事物**——对幻象的定义，没有比这更好的了。实际上，这些爱情场景是些名副其实的幻象，回想这些场景是为了让愉悦或酸涩继续下去，它们被交给一整套重复的程式。此外，拉辛戏剧还深谙爱情幻象的一种更为明确的状态，那就是梦。亚她利雅的梦，毫不夸张地说，就是一种预兆；神奇的是，这是一种回溯：亚她利雅只是重温与幼稚的孩童时期相关的情欲（也就是说，再一次出现她第一次看见时的场景）。

一言以蔽之，在拉辛式情欲中，现实总是不断落空，而意象却不断膨胀：回忆承继事实，即逾越之①。这种欺瞒的好处就是，情欲意象是可以调适的。拉辛式幻象中让人印象深刻的（也是其特别美妙之处），是其造型的一面：劫持朱妮、诱拐艾丽菲尔、费德尔坠入迷宫、提图斯的胜利和亚她利雅的梦，这些都是**图画**。也就是说，它们都被有意置于绘画规则中：不仅这些场景为有一个总体的意义而组构起来，人和物品在其中也都有预先考虑的布局，它们召唤观看者（以及读者）进行有理解力的参与。而且，它们尤其具有绘画本身的专长——色调。与拉辛式幻象最接近的就是伦勃朗的画，例如：不论是拉辛戏剧还是伦勃朗的画，素材（matière）②都是在其非物质性本身中组织起来的，被创造出来的是**表面**（surface）。

所有拉辛式幻象都假设（或制造）一个光与影的联合工厂。

---

① 但是，菲尼斯（Phénice），这个迷人的回忆将把我带向何处？（《贝雷尼丝》，I，5）

② 此处原文是 matière，既有"素材、题材"的意思，又有"物质"之义，与本句中的"非物质性"相对。——译注

阴影的起源,是囚禁。暴君将监狱视作阴影浸没与平息之地。所有拉辛式囚徒(几乎每部悲剧都有一个),都是中介性和安慰性的童贞女,她们给人以**喘息**(或至少这是人们从她们那里所寻求的)。太阳式的亚历山大喜欢克莱奥菲尔(Cléofile①)的被俘虏状态;皮鲁士极具光芒,在安德洛玛刻那里找到重要的荫蔽,也就是情侣们沉浸在共同安宁之中的坟墓②;对于挑逗情欲的尼禄来说,朱妮既是阴影又是水(泪水)③;巴雅泽就是一个阴影的存在,软禁在宫廷;米特里达特仅用一个囚犯莫妮姆来补偿他的所有征战(这个交换在米特里达特那里是公开宣布的账目);太阳之女费德尔欲求希波吕托斯——树荫和森林之人;皇帝亚哈随鲁(Assuérus④)

---

① Cléofile,印度阿萨西尼亚(Assacènes)部落皇后,据说是绝世美人。阿萨西尼亚原属于波斯帝国统治的印度次大陆山地部落犍陀罗地区,亚历山大入侵印度时期,拒绝臣属亚历山大,遭到屠城。克莱奥菲尔皇后不得不归顺亚历山大。在拉辛悲剧《亚历山大》中,克莱奥菲尔是投敌者塔克希尔的姐姐。——译注

② 三人墓就是被删减情节中的四人墓:
  赫克托的皮鲁士似乎已经有了位置。(《安德洛玛刻》,V,3)

③ 在封闭的阴影中,忠于痛苦……(《布里塔尼居斯》,II,2)
  这些上天拿来美化您的财富,
  您可收下以便掩埋?(《布里塔尼居斯》,II,3)
  而上天啊,您希望一个女孩
  几乎生来就家破人亡,
  在黑暗中饱食痛苦……(《布里塔尼居斯》,II,3)

④ Assuérus,波斯帝国阿契美尼德王朝的国王。根据《以斯帖记》第二章第17节记载,亚哈随鲁最有可能是泽克西斯一世(前485—前465)。亚哈随鲁在拉辛悲剧《以斯帖》中出场。——译注

在提升了的阴影中选择腼腆的以斯帖；亚她利雅因圣殿囚徒埃利亚新(Éliacin①)而心烦意乱。让人忧郁的太阳和有益的阴影，这样的星群无时无刻无处不在。

这个拉辛式阴影也许更是一种实体，而非一种色彩；阴影之所以让人欲求，是因为它具有联合也可以说是**铺展**的本性。阴影是一个层面，因此，只要它拥有与阳光(而不是致命的太阳，因为太阳是光芒，是事件而非介质)同样的实体均等性，它至少有可能接收幸福的光明。阴影在这里不是一个伤感的主题，而是一个解决和抒发的主题，并且确切来说，它是拉辛式英雄的乌托邦，而恶则是这种乌托邦的收缩。此外，阴影还与另一种喷发性实体(眼泪)相连。攫取阴影的人也是攫取眼泪的人：布里塔尼居斯是囚徒，因而也是阴暗的，对他来说，朱妮的眼泪只是爱的见证、理解力的符号；对太阳型的尼禄来说，同样的眼泪则作为一种奇特而珍贵的养料滋养他。这些眼泪不再是符号，而是意象②，是与其意图相脱离的事物，可以在意象单一的实体中沉湎自身，就像幻象的养料。

相反，在太阳中废除的，是阴影的不连续性。天体的日常出

---

① Éliacin，即古代中东南犹大王国第八任君主约阿施，因遭祖母亚她利雅迫害，在婴儿时期就被姑母约示巴带到大祭司耶何耶大的圣殿中，以埃利亚新之名养大。这一情节出现在拉辛悲剧《亚她利雅》中。——译注

② 巴尔特同时在更大的范围内使用 image 这个概念，可译为"影像""图像"，比如他在《符号学原理》中提出"建立关于种种影像的符号学"。其后针对照片、广告、电影等所作的批评均是在这个意义上使用 image。关于 image 这一概念，可查看巴尔特于 1964 年发表的《影像的修辞学(Rhétorique de l'image)》一文。——译注

没,是在黑夜的自然介质中遭受的损伤①;而阴影可以保持,也就是持续,太阳只有关键性的发展,还有不可避免的不幸(悲剧气氛的太阳本性与纯粹重复的族间仇杀式时间之间,存在着一种自然的一致)。太阳常常与悲剧本身(也就是一个白天)一起诞生,并与此同时成为谋杀者:战火、目眩、眼伤,这就是(国王、皇帝的)光芒。也许,如果太阳能够平等、节制、**克制**,在某种程度上,它就能重新找到一种矛盾的姿态:华丽。但华丽不是光明本身的特点,而是质料的一种状态;也有夜的华丽。

---

① 哦你,太阳,哦你把白天带入世界,
 而不是留在幽深的黑夜!(《德巴依特》,I,1)
拉辛 1662 年写于泽镇(Uzès)不是没有缘由的:
 我们的黑夜比你们的白天更美丽。

拉辛式黑暗(tenebroso)[1]

现在,我们在拉辛式幻象的核心之处:意象在其实体配置中,或更恰当地说,在刽子手与受害者的辩证法中,转变对抗本身;意象是**画成的**、戏剧化的冲突,它在对立实体的各个种类中摹仿真实;情欲场景,是戏剧中的戏剧,它寻求让斗争最为活跃也是最为脆弱的时刻,也就是阴影被光芒穿透的时刻。因为,这里涉及的是对日常隐喻的一个真正颠倒:在拉辛式幻象中,不是光芒浸没在阴影中,阴影不会蔓延;而是相反——阴影刺穿光芒,阴影会变质、抵制和自弃。正是在这纯粹的悬置中,在绵延的脆弱微粒中,在太阳还未摧毁黑夜之前,**让人看到**黑夜。这就构成了所谓拉辛式的黑暗。晦暗的光亮(le clair-obscur)是进行辨认的选择性质料[2],这也正是拉辛式黑暗之所在:既是图画又是戏剧,是活的图画,可以说就是凝固的运动,以供无限重复地阅

---

[1] tenebroso 是意大利语,原义是"阴暗的、昏暗的";也是一个音乐术语,指弹奏出一种黑暗、诡异的气氛。——译注

[2] Roland Kuhn,《透过罗夏墨迹测验论面具现象学(*Phénoménologie du masque à travers le test de Rorschach*)》,Desclée de Brouwer。

读。拉辛的伟大图画①,总是呈现着这种光与影的神话般(戏剧般)伟大斗争②。一方面,是黑夜、阴影、灰烬、眼泪、睡眠、寂静、羞怯的轻柔、连续的呈现;另一方面,是刺耳的一切:武器、鹰章、束棒、火把、军旗、叫喊、光彩夺目的服装、亚麻、红袍、金饰、利刃、柴堆、火焰和血。在这两类实体之间,拉辛用一个恰当的词表达了那个总是充满威胁但又从未完成的交换,这个词就是:**撩**(relever)③,指**黑暗**的构造性(且饶有趣味的)行为。

因此,我们也可以理解,为什么在拉辛这里有所谓眼睛的拜物教④。眼睛天生是献给(表现)阴影的光明:因监狱而黯然失色,因眼泪而乌云密布。拉辛式黑暗的完美状态,就是眼含泪水、抬头望天⑤。画家们经常把这个动作看成是遭受折磨的无辜者的象征,在拉辛这里,可能也是这样,但拉辛还特别概括了实体的一

---

① 以下就是拉辛的伟大图画:
　　朱妮的绑架。(《布里塔尼居斯》,II,2)
　　提图斯的胜利。(《贝雷尼丝》,I,5)
　　有罪的皮鲁士。(《安德洛玛刻》,I,5)
　　艾丽菲尔的劫持。(《伊菲革涅亚》,II,1)
　　亚她利雅的梦想。(《亚她利雅》,II,5)

② 神话斗争在拉辛式海洋中是以另一种形式描绘出来的,即船在海上失火。

③ ……撩起他眼中羞怯的甜美。(《布里塔尼居斯》,II,2)

④ 乔治·梅(G. May,《从奥维德到拉辛[D'Ovide à Racine]》)和让·波米耶(J. Pommier,《拉辛诸面[Aspects de Racine]》)涉及了这个问题。

⑤ 悲伤,泪眼涟涟仰望天空……(《布里塔尼居斯》,II,2)
　　我向上天献祭我的泪水。(《以斯帖》,I,1)

个私人含义：不仅光明涤除了水分，失去了光泽，铺展开来，成为巧妙的层面；而且，上升运动本身与其说是指升华，还不如说是回忆，也就是对土地的回忆，对眼睛由来之地的晦暗回忆。这是一种在其维护本身中把握的运动，因而，这种运动是通过冲突与愉悦两项的可贵矛盾同时表现出来的。

我们看到，为什么如此构造起来的意象有一种创伤性力量：意象以回忆的方式外在于英雄，将冲突作为对象，向英雄表现出来。拉辛式黑暗构造了一种真正的**镜头感**，不仅因为对象的惰性因素在其中都被净化了，都在对象中闪耀或熄灭，即进行意指；还因为对象作为一幅图画给出，就将演员—暴君（或演员—受害者）分成两份，使之成为一个观看者，能够不断在自身面前重新着手施虐（或受虐）行为。正是这个拆分，构成了整个拉辛式情欲。尼禄的情欲，是纯粹想象性的①，尼禄不停地在他与朱妮之间构造同一个场景：他既是这个场景的演员，又是这个场景的观看者；他调整一切，乃至非常细微的失败，从**延迟**请求原谅并以此引起人们的泪水来获得乐趣（现实永远也不能保证时间可以如此调整），并通过回忆来支配一个既屈从又不可改变的对象②。这种珍贵的想象，让尼禄能够以他的方式引入情欲的节奏；艾丽菲尔则用之来摆脱其所爱英雄形象中无用于爱情的要素；对阿喀琉斯来说，这种想象只会不停地让人想起控制他的那双血手，而我认为这双血

---

① 我把她的痛苦看作一个迷人的画面。(《布里塔尼居斯》,II,8)
② 我甚至爱我让她流的泪。
有时，但为时已晚，我请求她宽恕。(《布里塔尼居斯》,II,2)

手的阳具本性(la nature phallique)是足够明显的①。因此,拉辛式图画总是一种名副其实的既往史:英雄不断试图回溯到其失败之源,但由于这个起源是其愉悦本身,他就会在其过往中待住不动。情欲在英雄那里是一种回溯性力量,意象不断被重复,但从未被超越。

---

① 阿喀琉斯,你我痛苦的始作俑者,
他的血手使我不再被囚禁……
在这些让我心醉神迷的残酷之手中
我一直不求光明也不求生命。
最后,我悲伤的眼睛寻找清澈;
并看到我被血染的臂膀紧拥
我战栗,多丽丝(Doris),而作为野蛮的得胜者
害怕遇见可怕的面孔。(《伊菲革涅亚》,II,1)

伊菲革涅亚很好地预言了——这对于一个如此品行正直的女孩来说也是非常可观的——艾丽菲尔爱情创伤的准确性质。确实,嫉妒给了她灵感:

是的,您爱他,背信弃义者。
而同是这些您描绘我的狂暴
这些您看到浸在血泊中的臂膀,
这些死亡,这个莱斯沃斯岛(Lesbos),这些灰烬,这火焰,
是爱将他镌刻在您灵魂中的表达方式。(《伊菲革涅亚》,II,5)

基本关系

这样，我们就转移到某个人类关系中：情欲只不过是中转站。在拉辛那里，冲突是基本的，可以在他所有悲剧中找到。这些冲突不完全是爱情冲突，即不完全是两个人中一个爱、另一个不爱的对立。基本关系是权威关系，爱情只是用来**揭示**这个关系的。这个关系可以说如此普遍化和形式化，我可以毫不犹豫地用下面这个双重等式来表示这个关系：

A 对 B 拥有全部权力。

A 爱 B，但 B 不爱 A。

但必须强调的是，权威关系是爱情关系的延伸。爱情关系更为变幻不定：它可以被掩盖（亚她利雅和约阿施[Joas①]），可以是未定的（不确定提图斯爱贝雷尼丝），可以被调解（伊菲革涅亚爱她的父亲）或被颠倒（艾丽菲尔爱她的监狱看守）。相反，权威关系则是恒定和明确的，在一个悲剧的整个过程中，权威关系不仅

---

① Joas，古代中东国家南犹大王国第八六任君主亚哈谢之子，亚她利雅之孙，后成为南犹大王国第八任君主。亚她利雅在儿子亚哈谢死后下令杀掉所有王子，以图统治犹大。亚哈谢的妹妹约示巴在大祭司耶何耶大的帮助下救出并养大约阿施。——译注

会触及同一对子①,它还能够在各处不完全地显露出来;我们会在多种多样扩大化的(有时是在被破坏但总是可以辨认的)形式中,发现这些权威关系。例如,在《巴雅泽》中,权威关系具有两重性:阿穆拉特拥有对罗克桑娜的全部权力,罗克桑娜又拥有对巴雅泽的全部权力。《贝雷尼丝》则相反,双重等式被拆解:提图斯拥有对贝雷尼丝的全部权力(但并不爱她),贝雷尼丝爱提图斯(但对提图斯没有任何权力);不过,这里在两个不同人物中进行的角色分离造成了悲剧的失败。因此,相对于第一个等式,第二个等式只是功能性的:拉辛的戏剧不是爱情戏剧,其主题一般来说是在爱情处境的核心中使用强力(但并非必然:想想阿曼和末底改)。这一整套处境,拉辛称之为**暴力**②,拉辛的戏剧是暴力戏剧。

A 与 B 的相互情感没有别的基础,只有诗人真正创造性行为的某种假定起始(pétition de principe③)为它们设置的原初情境:

---

① 以下就是带有权力关系的主要对子(在次要情节中,还会有其他这样的对子):克瑞翁和安提戈涅,塔克希尔和阿西妮,皮鲁士和安德洛玛刻,尼禄和朱妮,提图斯和贝雷尼丝(有问题或脱钩的关系),罗克桑娜和巴雅泽,米特里达特和莫妮姆,阿伽门农和伊菲革涅亚(和解了的关系),亚她利雅和约阿施。这些对子是**完整的**,尽人物之所能而被个体化。当人物关系更为分散的时候,这种关系也并没有失去重要性(希腊人与皮鲁士,阿格里皮娜与尼禄,米特里达特与其儿子们,诸神与艾丽菲尔,末底改与阿曼,上帝与亚她利雅)。

② 暴力:"对某人施加强制,迫使他做所不愿做的事情。"

③ Pétition de principe 来自拉丁语 petitio principii,拉丁语说法最早来自中世纪翻译亚里士多德《前分析篇》第二卷第十六章中的 τὸ ἐξ ἀρχῆς αἰτεῖν,

一个是权贵,另一个是臣民;一个是暴君,另一个是囚徒。但这个关系如果不同时具有某种真正的邻近性(contiguïté),也就什么都不是了:A 与 B 被封闭在同一地点。最终,悲剧空间奠定了悲剧。在这种**设置**之外,冲突就总是无理据的。从《德巴依特》开始,拉辛就明确地说,冲突的表面变动性(这里就是对支配的共同渴望)是虚幻的:这是后在的"理性化"。情感在他者那里寻找自己的本质,而不是自己的属性。拉辛式的对手就是因相互仇恨而成就的:厄特克勒斯恨波吕尼克斯,而不是他的傲气:位置(邻近或等级)立即被转化为本质。正是因为他者**在那里**,他才引起敌意:阿曼(Aman①)看到末底改在宫殿门口站着不动,就饱受折磨;尼禄不能忍受他母亲的身体与他在同一御座上。而且,正是对手的"在此"构成了谋杀的萌芽:人的关系固执地化约为可怕的空间约束,只能通过肃清才能变得明朗:占有位置的人必须消失,视域必须

亚里士多德的原意是"假定始源"。但因 αἰτεῖν 还有"请求"的意思,16 世纪英译将这个术语误译为 begging the question,导致后来产生诸如"乞题""窃取论点""丐题"等中译。《拉鲁斯法汉双解词典》(2001)将 Pétition de principe 译作"预期理由""窃取论点""丐词"。但在逻辑学上,*petitio principii* 这个术语是一种不当预设的非形式谬误,指在论证时假设了需要论证的命题,这个术语本身不表示某种理由。——译注

① Aman,又写作 Haman(哈曼),希伯来圣经《以斯帖记》中的重要人物,公元前 5 世纪波斯帝国亚哈随鲁王的贵族和大臣。阿曼受亚哈随鲁的抬举,所有臣仆都必须在门前跪拜哈曼,末底改为维护犹太民族的信仰和尊严,对阿曼不跪不拜,于是引来阿曼仇恨,成为杀害波斯犹太人的主要人物。在犹太节日普珥节中,公开诵读《以斯帖记》时,每当读出"哈曼"的名字时,听者会转动手上的棘轮,借制造声浪掩盖哈曼的名字,以此表示对阿曼灭绝犹太人阴谋的鄙视。——译注

37 清净。他者是让人头晕目眩的身体，必须占有或摧毁。悲剧解决办法的极端主义取决于初始问题的简单性。所有的悲剧似乎都处于俗套中：**一山不容二虎**（pas de place pour deux）。悲剧冲突是一种空间危机。

正如空间是封闭的，关系也是不变的。一开始，一切都有利于 A，因为 A 可以任意支配 B，而且 A 要的就是 B。在某种意义上，拉辛的大部分悲剧是潜在的侵犯：B 只有通过死亡、犯罪、事故或流亡，才能摆脱 A；当悲剧是利他性的（米特里达特）或调节性的（以斯帖），只有通过暴君（米特里达特）或抵罪受害者的死亡，才能逃脱。能够悬搁谋杀、使之无法进行的，是某种轮番往复：A 可以说固定在野蛮的谋杀和不可能的慷慨之间；按照经典的萨特模式，A 想要通过强力占有的是 B 的自由。换句话说，A 被卷入不可解决的矛盾：如果占有，就会摧毁；如果醒悟，又会沮丧；在绝对的权力和绝对的爱之间，在侵犯和奉献之间，他无法选择。悲剧就正是这种不可变动性的表现。

这种无力的辩证性有一个好例子，那就是联结大多数拉辛式对子的义务关系。这种认知首先置身于最为崇高的道德天空（拉辛的臣民对其君主说：**我全靠您**），但很快就显现为毒害。我们知道寡情（l'ingratitude）在拉辛（莫里哀、皇港 [Port-Royal①]）生活

---

① Port-Royal，即波尔罗亚尔修道院（Port-Royal des Champs），始建于 1204 年，位于巴黎西南郊区，后成为冉森派聚集的大本营。拉辛幼年成为孤儿，在波尔罗亚尔修道院的"孤儿院"接受教育。17 世纪，让·拉辛、布莱兹·帕斯卡等社会名流的加入，使此地逐渐成为对世俗名利抗拒、对王权教权抗争的象征。后来，路易十四与罗马教皇联合打击冉森派并且摧毁该地。——译注

中的重要性。拉辛的世界是极其可计算的,人们不断估量其中的恩德与义务。例如,尼禄、提图斯、巴雅泽对阿格里皮娜、贝雷尼丝、罗克桑娜负有责任:B 的生命在事实和权利上是 A 的所有物。但正因为关系完全是强制的,它才是不通畅的:因为尼禄的御座归功于阿格里皮娜,所以尼禄杀了阿格里皮娜。在某种意义上心怀感激的数学必然性,指明了反抗的时间和地点:寡情是自由所要求的形式。在拉辛这里,这种寡情也并不总是有保障。提图斯采取多种寡情的形式。如果说寡情是困难的,那是因为它与生命有关,它关系到英雄的生命本身。拉辛式寡情的模式实际上是家长式的:英雄必须对其君主心怀感激,这就像孩子对给予生命的父母心怀感激。但因此,寡情也就是重生。寡情在这里就是一种真正的分娩(此外也是缺乏的)。在形式上,义务(这个名称已经足以指明这一点)是一种关系,用拉辛的话来说,也就是不可忍受的一个信号:只有通过真正的震撼、灾难性的爆炸,才能打破它。

侵犯的技术

这就是权威关系，一种名副其实的功能：暴君与臣民相伴相生，他们从相对于他人的处境中获取自身的存在。因此，这不涉及任何敌意关系。在拉辛这里，从来就没有敌手，即敌手这个词在封建社会甚或高乃依那里所具有的惯常含义；亚历山大（他自己向我们解释了他是多么渴望"好的敌人①"）是拉辛戏剧中唯一具有骑士精神的英雄，却不是悲剧英雄。有的敌对双方相互串通一气来成为敌人，也就是说，他们同时也是同谋。因此，斗争的形式不是对抗，而是利益的安排：这其实是在玩清算。

人物 A 的所有攻击性都旨在让人物 B 化为乌有。总之，就是让他人毫无价值地活着，让他人作为他自己的否定而**存在**，即维持其否定性；就是不断窃取他人的存在，并让这种被窃取的状态成为

---

① 是的，我是在找波鲁斯；但不管人们怎么说，
我找他不是为了摧毁他。
我承认难以左右我的臂膀，
我任由战斗的喧嚣指引，
而仅以至此不可战胜的国王之名，
为了新的丰功伟绩，我心易动。（《亚历山大》，IV, 2）

人物 B 新的存在方式。例如，人物 B 完全是由人物 A 创造的，人物 A 把人物 B 从乌有中提取出来，又任意地把他置于乌有之中（由此，巴雅泽就是这样对罗克桑娜的①）；或者人物 A 促使人物 B 产生自我认同的危机——地道的悲剧压力就在于迫使他人自问：**我是谁？**（艾丽菲尔、约阿施）。甚或，人物 A 给予人物 B 一个作为纯粹映像（reflet）的生命。我们知道有关镜子或复制品的主题总是具有挫败感的主题，拉辛有大量这样的主题：尼禄是阿格里皮娜的映像②，安条克是提图斯的映像，亚她利雅是罗克桑娜的映像。此外，拉辛有一个表达这种反射性从属的事物，那就是面纱：人物 A 作为影像之源隐藏在面纱之后，就像隐藏在一面镜子之后。又甚或，人物 A 以某种警察式的侵犯打破人物 B 的包装：阿格里皮娜想要占有她儿子的种种秘密；尼禄看穿布里塔尼居斯，使他完全透明；阿里茜并不想在希波吕托斯那里暴露其童贞的秘密，就像人们打碎保护壳③。

---

① 您想象我抓着宫殿的大门，
我永远为您敞开或关闭它们，
我在您的生活中有至高无上的威望，
我爱您几分，您就呼吸几分？……
回到我使您走出的乌有。（《巴雅泽》，II，1）

② 不，不，不再是依然年轻的尼禄，
派来幕臣祝福的时代，
当他让整个国家都指望我，
当我的宫廷命令召集元老，
垂帘听政，既在场又不可见……（《布里塔尼居斯》，I，1）

③ 但让不屈的勇气屈服，
给敏感的灵魂带来痛苦，

可以看到，这里总是挫败多于窃取（并且正是在这里，可以谈论拉辛式的施虐）：人物 A 为了掠夺而施与，这就是其根本的侵犯技术；人物 A 寻求的是让人物 B 遭受某种戛然而止的快乐（或某种希望）所带来的痛苦。阿格里皮娜向将死的克劳德（Claude①）隐藏儿子的泪水，朱妮在尼禄认为拥有了她的时候从尼禄那里逃离，赫耳弥俄涅以在皮鲁士面前藏匿安德洛玛刻为乐，尼禄强迫朱妮让布里塔尼居斯寒心，等等。痛苦本身可能都会令人失望，这也许就是拉辛式英雄对神性的主要不满：神性甚至不能保证不幸——这就是伊俄卡斯忒（Jocaste②）辛酸地责备诸神之处③。这个根本失望最为完整的画面，出现在亚她利雅的

> 为惊愕的囚徒戴上镣铐
> 替换使他为反抗而徒然愉悦的枷锁：
> 这才是我想要的，这才是激发我的事情。（《费德尔》，II，1）

对以完全不同方式爱希波吕托斯的费德尔来说，这一行动变得积极且具有母性：她想陪希波吕托斯闯迷宫，与他一起（而不是违背他）成为秘密的助产士。

① Claude，即克劳德一世，罗马帝国朱里亚·克劳德王朝第四任皇帝，41—54年在位。在娶尼禄的母亲阿格里皮娜之前，有一个儿子即布里塔尼居斯。——译注

② Jocaste，希腊神话中俄狄浦斯的母亲和妻子，克瑞翁的妹妹。出现在拉辛悲剧《德巴依特》中。——译注

③ （上天。）
> 因此，总是残酷的，且总是盛怒，
> 它假装缓和，假装变得更严格：
> 打断只为了加重，
> 抽开双臂只为了更好地压制我。（《德巴依特》，III，3）

梦里:亚她利雅伸手去拥抱母亲,但她触摸到的只不过是可怕的虚无①。挫败甚至可以是某种偏移、窃取或不恰当的分配:安条克、罗克桑娜收到并不是给自己的爱情表示。

这些取消所使用的共同武器就是**注视**:注视他人,就是让其混乱,然后将其固着在紊乱之中,即让他人保持在其无价值的存在本身之中。人物 B 的反击完全停留在言说中,在这里就是名副其实的弱者的武器。臣民谈论自己的不幸,试图感动暴君。人物 B 的第一个侵犯就是抱怨,他将君主浸没在抱怨之中。这是对不公正的抱怨,而不是对不幸的抱怨;拉辛式抱怨总是自负又带有请求,基于某种良好意识;人们因有所请求才抱怨,但请求却并不伴随反抗;人们似乎不言自明地让老天作证,即人们让暴君也成为神之注视的一个对象。安德洛玛刻的抱怨是所有这些拉辛式抱怨的典范,她的抱怨暗含间接的斥责,在悲叹中隐藏着侵犯。

臣民的第二个武器是死亡威胁。悲剧是一个深刻的失败范畴,然而能够成为极度失败的死亡却从来都不是严肃的,这是一个珍贵的悖谬。死亡在这里只是一个名称,是语法的一个部分,是争议的一项。死亡常常只是指出某个情感之绝对状态的方式,一种用于意指某个顶点的夸张用语,一个夸口的词汇。悲剧人物轻率地使用死亡观念(更多地是宣称死亡,而不是真的死亡)表明一种仍然幼稚的人性,即人在这里还未完全实现。面对所有这些悲挽的修辞,需要插入克尔凯郭尔的一句话:**把人摆得越高,死亡**

---

① 而我,伸出手是为了拥抱她。
但我发现只有可怕的混合……(《亚她利雅》,II,5)

就越可怕。悲剧中的死亡并不可怕,大多数时候,那只是一个空的语法范畴。此外,这个死亡与**死**相对立:在拉辛那里,只有一个持续的死亡(mort-durée),这就是费德尔的死。所以其他的死亡实际上都是要挟,侵犯的种种部件。

首先,有一种死亡是人们所追求的,这是一种圣洁的牺牲,人们将这种死亡的责任交由偶然、危险和神性,而这种死亡也常常与战争英雄主义和延迟自杀的好处结合在一起:安条克和俄瑞斯忒斯多年来在战斗中、在海上都在寻求这种死亡;亚她利雅以任凭罗克桑娜杀害自己来威胁巴雅泽;希法赫斯想要将自己暴露在危险之中,因为莫妮姆拒绝了他,等等。对于人们追求的这种死亡,一个更为隐秘的变种是神秘死亡,这种神秘死亡通过某种极不科学的病理学,可能被无法忍受的痛苦所包围:这就是介于疾病与自杀之间的死亡①。实际上,悲剧会区分中断性死亡和真实的死亡:英雄想要通过死亡来打破某种处境,而这种意愿,已经被英雄们称之为死亡。这样,悲剧就具有某种奇怪的秩序,死亡在这里被呈现为复数②。

但有一种悲剧死亡,因为最具刺激性而最常见,这当然就是自杀。自杀是旨在反对压迫者的一种直接威胁,它是压迫者之责任的生动表现,它要么是敲诈要么是惩罚③。(《德巴依特》中的)

---

① 如果我能幸免于难,我会毫不反省。(《贝雷尼丝》,II,2)

② 他要让我承受如此多的残酷死亡,却从不加快我步向坟墓的步伐?(《德巴依特》,III,2)

③ 自杀有一个修辞对等物,即让步喻(l'épitrope),用反话激起敌人作恶。

克瑞翁(Créon①)坦率地(甚至有点天真地)给出了这一理论:[地狱]力量的证据就是,地狱有效地延长了自杀,因为地狱能够收获自杀的果实,继续让人痛苦,让人追求某个情人,等等②;地狱能够让人死后价值依然存在。这正是悲剧的一个伟大目标:即使有真实的死亡,这个死亡也从来都不是直接的——英雄总是有时间**谈论**自己的死亡;与克尔凯郭尔式的英雄相反,古典英雄在消失前总是会有一个**最后的尾白**(在戏剧背后产生的真实死亡则相反,时间短得难以置信)。在朱妮为自杀寻找的替代物中,自杀的侵犯本质表现得一览无遗:朱妮成为献祭贞女,在尼禄面前死去,而且是仅仅在尼禄面前死去。她完成了一个完全选择性的死亡,这个死亡所寻求并挫败的,只有暴君。而最终,悲剧中唯一真实的死亡,是被迫遭受的死亡,是谋杀。赫耳弥俄涅谋杀皮鲁士,尼禄谋杀布里塔尼居斯,阿穆拉特(或罗克桑娜)谋杀巴雅泽,忒修斯谋杀希波吕托斯,死亡不再是抽象的:不再是宣告、歌唱死亡或为死亡驱魔的言语;从悲剧一开始就游荡在悲剧中的,就是物件、现

---

① Créon,希腊神话中伊俄卡斯忒的哥哥,在俄狄浦斯的两个儿子因争夺政权双双毙亡后,成为忒拜国王,下令不得安葬安提戈涅的哥哥厄特克勒斯。此处是拉辛悲剧《德巴依特》中的人物。——译注

② ……我出现在地狱对您来说是可憎的,
您的怒火,非人性的,应该是在死亡之后,
永存,我随您之后下地狱。
您总能看到您仇恨的对象;
而我的悲歌总是向您复述我的痛苦
或减轻痛苦或纠缠不清,
而您死都不能摆脱我。(《德巴依特》,最后一幕)

实和灾祸——尼禄的毒药,黑奥尔汗的系带,莫妮姆的皇室束发带,希波吕托斯的战车。悲剧死亡从来只涉及他人:其构造性的运动,就是被[他人]带来。

43　　在这些主要武器(挫败、要挟)之外,还有一种完全在言语上进行侵犯的**艺术**,为受害者及其刽子手共同拥有。拉辛式的**伤害**,显然只有在悲剧包含着对语言狂热自信的情况下,才是可能的。语词依其在所谓原初社会中为人熟知的身份,在这里拥有一种客观的力量:语词就是鞭打。这里,有两个表面上相反但都会产生伤害的运动。或者,语词揭露出一种不可忍受的处境,即语词神奇地使得这种处境存在:许多介入都是这种情况,亲信的某个无辜之词却指出了内在之恶①。或者,话语被曲解,这种曲解的意图直接就是恶毒的:在语词的彬彬有礼和伤害的意愿之间,有一个平静的距离,这种距离定义了拉辛的所有残酷,即刽子手的冷漠②。所有这些攻击的原动力显然就是羞辱:总是要在别人那里引入紊乱,用打垮对方来重建静止的力量关系,恢复暴君权力

---

① 例如,多丽丝向艾丽菲尔说起她的情敌:
　　可爱的伊菲革涅亚
　　用真诚的友谊与您联合。(《伊菲革涅亚》,II,1)
还或,伊菲革涅亚在阿伽门农的冷淡面前决定牺牲艾丽菲尔,她说:
　　您难道不敢毫不羞愧地做一时的父亲吗?(《伊菲革涅亚》,II,2)
显然,在《费德尔》中,名字(希波吕托斯)的实体本身就是全能的。
② 例如,克里尼丝特拉对艾丽菲尔说,她怀疑自己是否引诱了阿喀琉斯:
　　夫人,我一点儿也不催您跟随我们;
　　自最珍贵之手,我的退隐听任您摆布。(《伊菲革涅亚》,II,4)

与受害者臣服间最大的距离。这种重新找到的静止[力量关系]的信号,就是**胜利**;**胜利**这个词与其古代含义相去不远:败北对手被化简为**物的状态**,被化简为在眼前展开的事物——因为以拉辛之见,最具占有性的器官是眼睛①——,这样的败北对手所思忖的,是胜者的奖赏。

---

① 您来我跟前看望我的苍白,
是为到他怀里嘲笑我的痛苦。(《安德洛玛刻》,IV,5)
这增添了何种新的复仇和甜美
向她展现旋即苍白和死亡,
让她看到对象戛然而止的目光,
是为了向我支付我曾给予他们的欢愉吗?(《巴雅泽》,IV,5)
我要看他紊乱,以其耻辱为乐。(《巴雅泽》,IV,6)

人们

44   权威关系的独特性(这一点可能还允许拉辛式"心理学"有神话式的发展)在于,这种关系不仅在所有社会之外,而且在所有社会性之外。拉辛式对子(刽子手与受害者)是在一种不愉快的、荒无人烟的世界里争斗。大概正是这种抽象,使人相信传说中纯洁的激情戏剧;拿破仑不喜欢拉辛,因为拿破仑看到拉辛只是一个苍白的爱情作家。要估量拉辛式对子的孤独所在,只需要想想高乃依(可以再进行无穷无尽的对照)。在高乃依那里,世界(在其现实比社会更为广阔、更为扩散的意义上)以一种充满活力的方式包围对子:世界是障碍或回报,简言之,世界就是价值。在拉辛那里,关系是没有回声的,它在某种纯粹独立的人为方法中建立:关系是[对子中的]一方(*mate*),它只被另一方即他[拉辛]所关心。拉辛式英雄对他人的盲目几乎是躁狂的。世界上一切事情似乎都是以个人方式找上头来,一切都变形为自恋的养料:费德尔认为希波吕托斯迷恋整个大地,除了她;阿曼认为所有人都在他周围卑躬屈膝,除了末底改;俄瑞斯忒斯认为皮鲁士之所以娶赫耳弥俄涅,就是为了从他那里夺走赫耳弥俄涅;阿格里皮娜相信尼禄**就是**要惩罚她所支持的人;艾丽菲尔认为诸神青睐伊菲革涅亚,仅仅是为了折磨她。

因此，相对于英雄，世界差不多是无差别的。希腊人、罗马人、土耳其近卫军士兵、祖先、罗马、国家、人民、子孙，这些团体没有任何政治现实，它们是一些物，时有时无并根据利益需要而用于威胁或辩解，甚或更确切地说：它们为屈服于威胁而辩解。拉辛的世界实际上有一个裁判功能：这个世界观察英雄，并不断有指责他的威胁，以至于英雄活在流言蜚语的恐慌中。几乎所有人都抵挡不住这种恐慌：提图斯、阿伽门农、尼禄；只有皮鲁士，拉辛式英雄中最放任自己的一位，才能抗拒这种恐慌。对于这些英雄来说，世界是恐怖，无价值之物当道；世界是四处弥漫的制裁，包围他们、挫败他们；世界是道德幻想，对这种幻想的恐惧甚至不排除对这种幻想的使用（提图斯为了打发贝雷尼丝就是这样做的），另外，正是这种表里不一构成了拉辛式自欺的本质①。总而言之，对于拉辛式英雄来说，世界就是一种公共意见，既恐怖又不在现场②。

同样，世界的匿名、不明晰、有选择的现实（世界仅仅是一种声音），在所有无尽的语法形式中，找到了它们最好的表达，这一个接一个可供使用并颇具威胁的代词（**人们**、**他们**、**每个人**），以无限的细微差别，不断提醒着：拉辛式英雄是在敌对的世界中唯一

---

① 拉辛本人似乎就是将世界经验为见解（除了生命中的最后两年）：他惯于活在伟人的目光下，他的写作明确就是为了承继这个目光。

② 在高乃依那里，世界（如此在场，价值如此之高）从来就不是某种公共意见。比较一下高乃依笔下提图斯的口吻和拉辛笔下提图斯的口吻就足够了：

我的最高荣耀就是属于您……

成为可以欲求的罗马奴隶和主人！（《提图斯与贝雷尼丝》，III，5）

对命名无所谓的。人们(on)让人卷入、使人窒息,却从不表明态度,人们是某种侵犯性的语法符号——英雄不能或不想局部化这种侵犯性。更有甚者,英雄常常在指责对手时用人们[来指代对手],使指责带有匿名者的安全性和保证。拉辛式的动词变位带有明显的变调:我只在某种膨胀至爆炸、分裂(如独角戏)的形式下存在,你是忍受和翻转侵犯的人称(背信弃义者!);他是令人失望的人称,是人们在转而反对他(忘恩负义者)之前,可以像谈论一个假装遥远的对象那样谈论的被爱者;您是作为布景、用于招认或进行隐蔽攻击的人称(夫人);人们或他们,我们看到,指某种弥漫的侵犯①。拉辛式动词变位里有一种人称是缺席的,那就是我们:拉辛的世界是以一种不可平息的方式划分的——作为调停的代词在那里是陌生的。

---

① 在从安德洛玛刻到赫耳弥俄涅的祷文中(III,4),我们看到几句话就发动了一个十分微妙的代词游戏:

夫人,您往哪跑?——典礼和刀尖。
赫克托的寡妇——安德洛玛刻为了取悦赫耳弥俄涅这样自称。
一颗屈服的心——她使皮鲁士成为一个中性、遥远和脱离于她的客体。
我们的爱——策略性地召唤母亲们的普遍复杂性。
有人要从我们这里夺走它——希腊人,无须命名的世界。

分裂

这里需要强调的是,分裂(division)是悲剧世界的基本结构。这甚至是悲剧世界的标志和特权。例如,只有悲剧英雄是分裂的;亲信和知交从不争论,他们估量的是多种多样的行动,而不是非此即彼的事物。拉辛式分裂是严格的二分,分裂的可能永远只能是对立。这个基本的划分可能仿造的是某个基督教观念①,但对于世俗中的拉辛来说,没有善恶二元论,分裂是一种纯粹的形式:重要的是[分裂的]斗争功能,而不是分裂的各项。拉辛的人并不是在善与恶之间挣扎:他只是挣扎,仅此而已;其问题是在结构层面上,而不是在人物层面上②。

分化(scission)在最明确的形式下,首先抓住的是我,我感到永远在与自己斗争。在这里,爱是某种催化力量,它加速两个对

---

① 例如,参见拉辛翻译的圣·保罗的赞美诗:
　　我的上帝,多么残酷的战争!
　　我在我身上发现两个人……(《心灵赞美诗》,第3首)
② 需要提醒的是,分裂是神经症状态的第一个特征:每个患神经症者的自我都是分成几部分的,因此,神经症者与现实的种种关系就受到限制。(Nunberg,《精神分析原理[*Principes de psychanalyse*]》,PUF, 1957。)

手的凝结。独白是分裂的固有表达。拉辛式独白必然是由两个相反的部分构成(但不是……,咦?什么?……,等等);独白是被说出来的分裂意识,而不是真正的深思①。英雄总是感到被某个外在于自身的力量、某个非常遥远和可怕的彼世所**驱使**,感到自己是这些事物的傀儡;这些事物甚至可以分裂其人格中的时间,剥夺他自身的记忆②;它们也强大到足以**转变**他,例如可以让他由爱转恨③。必须补充一点,分裂是拉辛式英雄的正常状态,拉辛式英雄只有在出神的时刻,确切来说也是不无矛盾地来说,就是在**他游离于自身**的时候,才能重新找到自己的统一性:愤怒令人愉悦地固结了这个撕裂的自我④。

　　自然,分裂抓住的不只是自我,也在形象(figure)一词已被定义的神话意义上抓住了形象;拉辛戏剧充满复本,它们在场景层面持续地承担着分裂:厄特克勒斯与波吕尼克斯,塔克希尔与

---

① 与拉辛式英雄无结果的深思相对立的,是埃斯库罗斯《乞援人(*Les suppliants*)》中老国王达那奥斯(Danaos)的**真实深思**。的确是由达那奥斯决定要和平还是要战争——而埃斯库罗斯以古代诗人著称!
② 赫耳弥俄涅忘了是她自己要求俄瑞斯忒斯去杀皮鲁士的。(V,5)
③ 例如:
　　啊!我太爱她,以至于丝毫也不能恨。(《安德洛玛刻》,II,5)
④ 　啊!我认得您,以及这正义的怒火,
　　所以,为了所有希腊人,主啊,您归于您自身。(《安德洛玛刻》,II,5)
　　我又愤怒了,而我认得清方向。(《米特里达特》,IV,5)

克莱奥菲尔,赫克托(Hector①)与皮鲁士②,步洛与纳西瑟斯(Narcisse③),提图斯与安条克,希法赫斯与法尔纳斯,尼禄与布里塔尼居斯,等等。正如我们现在要看到的,不管分裂如何痛苦,分裂让英雄好歹能够解决他的根本问题——忠诚:在某种意义上,分裂后的拉辛式存在就远远偏离个体的过去,而朝向并不是由他创造的外在过去。其痛苦就在于,不忠实于自身,而过于忠实于他者。可以说,受害者对自己进行了一个他没有勇气对他的对手进行的分裂:受害者与他的刽子手配合,部分地脱离自身。这也是为什么分裂让人存活:分裂是**维持自身**必须付出的代价,在这里,分化是痛苦与解药的模糊表达。

---

① Hector,希腊神话中的特洛伊王子,特洛伊第一勇士,安德洛玛刻的丈夫,在特洛伊战争中,被阿喀琉斯杀死。——译注

② 尽管这个阐释引起轻蔑,但我相信在安德洛玛刻眼里,对赫克托和皮鲁士是有矛盾情感的。

③ Narcisse,《布里塔尼居斯》剧中人物,布里塔尼居斯的执政官。在希腊神话中,是一个俊美而自负的少年。——译注

父亲

英雄不能脱离的这个他者是谁？首先，也就是在最明确的意义上，这个他者就是父亲（le Père）。父亲会实际或潜在地出现在一切悲剧中①。父亲并不必然是由血统、性别②甚至是权力构成的，父亲的存在，在于其[时间上的]先前性（antériorité）：一切在其之后而来的都来自他，不可避免地卷入忠诚的问题域。父亲，就是过去。因为父亲的定义远远在其属性（血统、权威、年龄、性别）背后，父亲实际上总是一个整体上的父亲；在本性之外，父亲就是一个首要的、不可逆转的事实：曾经存在的**存在**（*est*），这就是拉辛

---

① 拉辛戏剧中的父亲：《德巴依特》中的俄狄浦斯（血统），《亚历山大》中的亚历山大（父—神），《安德洛玛刻》中的希腊人、法律（赫耳弥俄涅、墨涅拉俄斯），《布里塔尼居斯》中的阿格里皮娜，《贝雷尼丝》中的罗马（维斯帕先），《巴雅泽》中的阿穆拉特、长兄（委派给罗克桑娜），《米特里达特》中的米特里达特，《伊菲革涅亚》中的希腊人、诸神（阿伽门农），《费德尔》中的忒修斯，《以斯帖》中的末底改，《亚她利雅》中的耶何耶大（上帝）。

② 不要说阿格里皮娜，米特里达特和末底改就明显既是父亲也是母亲：
    但我，从儿时就在她的怀抱中长大……（《米特里达特》，IV, 2）
    而他，视我为侄女，
    亲爱的艾莉丝（Élise），他让我既当爹又当妈。（《以斯帖》, I, 1）

式时间的地位①;这个身份,对于拉辛来说,自然而然就是世界的不幸本身,注定不可磨灭、不能平息。正是在这个意义上,父亲是不朽的。标志其不朽性的,与其说是回返,不如说是幸存。米特里达特、忒修斯、阿穆拉特(在奥尔汗的表达方式下)死里逃生,提请子孙(或年幼的弟弟,这是一回事)注意:永远也不能杀死父亲。说父亲是不朽的,就是说先前是不变的:当父亲(暂时)缺失,就摆脱了一切;当父亲归来,就丧失了一切。父亲缺席会构成紊乱,父亲回返会建立错误。

血统,在拉辛的形而上学中占有突出地位,是父亲的延伸替代物。不管在什么情况下,血统本质上涉及的都不是一个生物学现实,而是一种形式:血统是比父亲更加弥散、更为可怕的先前性。这是一种以树枝状**留存**的跨时间存在:它留存着,即以一个单一整体持续,它占有、扣留、粘捕。因此严格来说,血统就是法则,即关联和合法性。子孙唯一能做的是断绝,而不是脱离。我们在这里重又找到权威关系的构造性僵局,重又找到拉辛戏剧的灾难性抉择:要么是儿子杀死父亲,要么是父亲摧毁儿子——在拉辛这里,杀婴与弑父一样数量众多②。

---

① 关于拉辛的时间,参见:G. Poulet,《人类时间研究(*Études sur le temps humain*)》。

② 17 世纪,**弑父**一词被理解为所有旨在反权威(父亲、统治者、国家和诸神)的谋杀。至于杀婴,几乎每部剧作中都有一例:

俄狄浦斯将他的两个儿子献给因杀人罪引起的怨恨。

赫耳弥俄涅(希腊人、过去)让人杀皮鲁士。

阿格里皮娜要闷死尼禄。

维斯帕先(罗马)挫败提图斯。

父子之间不能平息的斗争就是上帝与被造物的斗争。上帝或诸神？我们知道在拉辛戏剧中，古代与犹太这两种传说都存在。但事实上，拉辛只在异教的诸神中保留了他们压迫和无偿的特性。由于诸神依附于血统，他们能确保的只能是过去之不能抵偿的特征；虽然有多个神，但只有唯一的功能，也就是跟犹太上帝同样的那个唯一的功能：复仇与赎罪——但这个赎罪不总限于过错①，这就涉及可以说是先于同态复仇约束性法则的那个上帝。拉辛的那个独一无二的、真正的上帝，既不是古希腊的也不是基督教的，而是《旧约》中的上帝，是书面的、史诗形式的上帝，即耶和华(Jahvé)。拉辛的所有冲突都是以同一模式构造的，即由耶和华与其子民形成的成对(couple)模式。无论在哪里，关系都是由互逆的异化构成的：全能者**以个人方式**与其子民相连，反复无常地予之以保护和责罚，通过不可解除的对子(couple)在处于选定时期时所遭受的反复不幸来维护其子民(神圣的选定和悲剧的选定，二者都极为可怖)；反过来，子民在其主那里体验到一种依附、恐惧以及诡诈的惶恐情感。简言之，父子、主奴、君臣、恋人双方、天主与被造物，都是通过某种既没有出路也没有中介的对话联系起来的。所有这些情况涉及的都是一种**直接**的关系，这种关系拒

    米特里达特和他的儿子们。
    阿伽门农与伊菲革涅亚。
    忒修斯与希波吕托斯。
    亚她利雅与约阿施。
  另外，在拉辛那里还有母亲诅咒儿子的两个例子：阿格里皮娜与尼禄(V,7)，亚她利雅与约阿施(V,6)。
  ① 他的恨总是走得比爱远。(《米特里达特》,I,5)

绝逃离、超越、宽恕甚至胜利。实际上，拉辛式英雄与上天(Ciel)对话的语言，总是战斗的语言，而且是个人的战斗。这种战斗，要么是讽刺(**这就是这些伟大之神的至高正义！**)，要么是无理取闹(**神谕所言是它看上去所说的那样吗？**)，要么是辱骂神明(**犹太人的上帝，你比他强！**)。拉辛的上帝依其恶毒的程度而存在，正如最古老的神灵①，这个上帝是食人者，其通常特性就是不正义、掠夺②和矛盾③。当然，其存在就是恶。

---

① 而一个英雄的血，与不朽者相较，
仅益于一千个罪犯。(《德巴依特》,III,3)
我乞求残酷民族的死亡
他们只会用有死者的血平息诸神。(《安德洛玛刻》,II,2)

② (上天。)
但是，哎！当他的手像是在拯救我的时候，
那正是他准备杀死我的时候。(《德巴依特》,III,3)

③ 这就是最伟大诸神的至高正义！
直到犯罪边缘，他们一直引领我们的步伐；
他们使我们犯罪，且从不为此辩护。(《德巴依特》,III,2)

转变

51 　　这里需要提醒的是,悲剧—场景的原动力与所有神意式形而上学的原动力是一样的,这个原动力就是转变。**将一切转变为其反面**既是神权的套路,也是悲剧本身的秘诀①。转变,不管是在小情境的层面上,还是在整个剧本的层面上(如《以斯帖》),实际上是所有拉辛戏剧的基本形象。人们在这里又看到了对二元世界的强迫症:世界是由纯粹的对立面构成的,从来没有任何中介。上帝推倒或提升,这就是被造物的单调运动。这些反转的例子数不胜数。可以说,拉辛的所有戏剧都建立在这种形式上,这种形式在词源意义上来说就是突转,只是在事后才加入所谓的"心理活动"。这显然涉及一个非常古老的主题:加冕的囚徒或被贬的暴君;但在拉辛这里,这个主题并不显现为一种"历史",它没有史

---

① 悲剧转向理论可追溯至亚里士多德。有位历史学家近来试图排除其中的社会学意涵:转向的含义(按照柏拉图的话来说,就是**将所有事物都转换为其反面**)原指经由从封建主义到重商主义的突然转移,即通过货币的暴涨(公元前 5 世纪的希腊,伊丽莎白时代的英国),社会价值被重组和被颠覆的表达。除非像吕西安·戈德曼那样借由某种意识形态来解释,这种形式的解释不包括法国悲剧。(参见:G. Thomson,《马克思主义与诗歌[*Marxism and Poetry*]》。)

诗的厚度；它实际上是一种形式，一个适合各种内容的强迫性意象。转变所把握的是一种总体性，英雄有这样的震撼感觉：**一切**都在这翻转的运动中被擒住——整个世界都在摇晃，都在命运之称上计算铸币点数（point de monnayage）。因为命运正好总是在一个已然安排好的、具有意义和形象（**面向**①）的处境中把握的：转变是以一个由理智已经创立的世界为基础的。转变的方向（sens）总是令人沮丧（宗教悲剧除外）：它将事物从高处拽到低处，堕落就是转变的写照②（在拉辛那里，大抵是有一种**下降**的想象，我们可以在《心灵赞美诗（Cantique Spirituel）》第三首中隐约看到这种想象③：我们还记得拉辛对**黑暗**的分析）。就像是一个纯粹的行为，转变没有任何延续，它是一个点、一道闪光（用古典时期

---

① 这种实际状况的固化是在如下模式下表达的：**一切都朝我汇集，一切都当面改变**，等等。

② 堕落理论是由阿曼的妻子查海丝给出的：

您向何处求更高？我颤抖，当我看到

面前出现幽深的无底洞：

堕落从此只能是可怕之事。（《以斯帖》，III，1）

③（在**我**之中的两个人）

一个完全是精神的，完全是天上的，

他要求不断系于上天，

要求被触及的永恒之善，

其余都不算数

而另一个因其致死的重量

把我拉向大地。（《心灵赞美诗》，第3首）

的语言来说,就是**一下子**),几乎还可以说是同时发生的①:遭到打击的英雄在心碎的感知中,同时保有已被剥夺的过去状态和被给予的新状态。实际上再一次地,正如在分裂中,生命意识不是别的,就是转变意识:存在,不仅要被分裂,还要被翻转。

然而,悲剧转变别具一格,这种转变准确得就像是量身定做的,其基本轮廓就是对称。命运就像通过一面镜子,将一切引向其反面:颠倒的世界依然继续,只是世界各要素的**方向**(sens)对调过来了。正是因为意识到这种对称性,遭受打击的英雄倍感恐怖;某个改变的**顶点**(comble),就是智识本身,这个智识似乎总是**恰巧**(précisément)将命运引向其对立面;英雄满怀恐惧地看到世界为一个**确切**的权力所控制:对英雄来说,悲剧就是**恰巧**(这就是拉丁语的**本身**[*ipse*],事物本质)②的艺术。总之,世界是由一个诡

---

① 转向的**无时间性**方式显然是时间的整体性规则所强调的(这再一次证明这些规则在何种程度上不是简单的协定,而是某种全面意识形态活生生的表达):

我在同一日之流逝中,看到我自己……(《布里塔尼居斯》,II,3)

② 表达悲剧之**恰巧**的连词是当……时:当……时(陈述顶点),**那么**……(陈述骤落),既有副词性又有时间性(同时性)的复杂。其他语法形式下的例子也非常多:

所以,我穿越如此多海洋、如此多国家,

只是为了在远方准备他的死亡。(《安德洛玛刻》,V,1),等等。

在同等状况的范畴内,例子非常之多,我随便列举几个:布里塔尼居斯信赖的恰巧就是纳西瑟斯,艾丽菲尔的死期恰巧就是她知道自己出身的时候,阿伽门农恰巧就在女儿为其善行欢欣的时候诅咒女儿,阿曼就在想象荣耀的巅峰时跌落,亚她利雅就在想要拯救她的情人之时失去了情人,等等。

计(在幸福中寻找其否定的核心)支配的。悲剧世界的结构是**被构思出来的**,所以世界可以不停地重归不变:对称是中介、失败、死亡和无果的造型艺术①。

恶意总是**明确的**,以至于可以说拉辛悲剧就是恶意的艺术:因为上帝操纵了对称性,所以上帝缔造着演出(spectacle)②,其恶毒是审美性的,上帝给人以人之消沉的优美演出。这个逆反游戏(jeu réversif)③另外还有其修辞性,即对照及其诗化形象:打击(la frappe)④(可以肯定的是,十二音节诗被极好地用于拉辛世界的双

---

① 这里并不想强行进行审美或形而上学秩序与生物学秩序之间的比较,不过,是否应该重申**存在的事物**(*ce qui est*)永远以不对称的方式存在?
"对称的某些要素能够与某些现象共存,但这不是必然的。必然的是,对称的某些要素并不存在。正是不对称创造了现象。"(皮埃尔·居里[Pierre Curie])

② (诸神。)
　　所以,他们以制造罪人为乐,
　　从而可以在悲惨名门之后再制造罪人?(《德巴依特》,III,2)
在《以斯帖》的前言中:
　　……我可以只用这样的场景填充所有的行动:上帝本身,可以说,早已准备好的场景。

③ reversi 是一种旧式的纸牌游戏:反棋或反牌。这里巴尔特可能是根据 reversi 造出了形容词 reversif。——译注

④ 克劳戴尔(Paul Claudel)论拉辛:
打击,就是这样。就像人们说:冰镇香槟,轧制硬币,饱受打击的思想……我称之为引爆明见性。(《雷诺-巴特劳手册[*Cahiers Renaud-Barrault*]》,VIII)[此处"冰镇""轧制""饱受打击的"在原文中与"打击"是同一个法语词:frapper。——译注]

形态组织①)。上帝就像悲剧演出的组织者,被称为命运。我们现在理解了什么是拉辛式命运,这个命运也不完全是上帝,而是一个低于上帝的事物,是一种不说出其恶意的方式。命运尤其能够让悲剧英雄无法辨清自身不幸的真正来源,并将其归咎于原始智识、可塑性内容,从而避免承担自己的责任:这是一种委婉地切断其起因的行为。如果我们考虑到英雄懂得将现实与命运、现实与其本质分离开来的话,这种悖谬的抽象就很好理解了:英雄预见现实、忽略本质;甚或更佳,英雄预见到命运本身的不可预见性,他真实地将命运体验为一种形式,一种**超自然力**(mana),一个为转变保留的专用场地②;英雄自发地吸附到这种形式之中,感觉自己是纯粹和连贯的形式③,而且这种形式主义让英雄能够委婉地让上帝缺席但又不弃绝上帝。

---

① 反衬如世界一般古老,十二音节诗是一整个文明共有的。也许:形式总是数目有限。这并不妨碍诸形式具有独特的意义。批评不能以形式具有普遍特征为借口放弃追问某个形式。我很遗憾我们还没有关于十二音节诗的"哲学",关于比喻的社会学,或关于修辞格的现象学。

② **命运**是力量运用于当下或未来的名称。对过去,则有另一个词,因为在这里超自然力已经获得了一个内容:这就是**运道**(sort)。

③ 参见这个意味深长的纠正:
　　我盲目地将自己交给带走我的**命运**(destin)。(《安德洛玛刻》,I,1)
替换:
　　我盲目地将自己交给带走我的**运输**(transport)。

过错

因此,悲剧本质上是上帝的事务,但又是无尽、悬搁和颠倒的事务。拉辛的一切都在于这一悖谬的瞬间:孩子发现父亲是坏人,但仍旧是父亲的孩子。对于这个矛盾,只有一个出路(这也是悲剧本身),就是儿子承担父亲的罪过,就是卸下被造物罪过的神圣性。父亲进行了不公正的压制,只要在溯及既往的意义上值得,就能让这些压制变得公正。血统就是这种追溯力的载体。可以说所有悲剧英雄生来无罪,他们变得有罪是为了拯救上帝①。拉辛的神学是一种颠倒的救赎:人为神赎罪。我们现在可以看到血统(或命运)的功能:它让人有权犯罪。英雄的罪过有一种功能性的必要:如果人是纯净的,上帝就不纯净,那么世界就被瓦解了。因此,有必要让人**承担**其过错,就像[让人享有]其最珍贵的

---

① 我的无知最终开始衡量我。
我一直不知道是什么非正义的力量
让罪行逍遥,却追捕无知。
我从自身的某个部分转移目光,
我只看到种种不幸诅咒诸神,
我们值得诸神盛怒,我们为诸神的仇恨辩护……(《安德洛玛刻》,Ⅲ,1)

善那样。那么,什么负罪方式比对外在和先于自身事物负责更稳当呢?上帝,血统,父亲,法律,简言之,先前性成为实际上的控诉者。绝对之罪的这种形式让我们想起极权政治下的客观之罪(culpabilité objective):世界就是一个法庭——如果被告是无辜的,那么法官就是有罪的,所以被告要承担法官的过错①。

我们现在看到权威关系的真实本性。不仅 A 强大 B 弱小,而且 A 有罪 B 无辜。但因为强者不正义是不能容忍的,所以 B 要承担 A 的过错:压迫关系转向惩罚关系,但无论如何,二者之间辱骂、伪装、决裂与和解的个体游戏却从来都不会停止。因为 B 的招认并不是慷慨的献祭,而是看到有罪之父的恐惧②。这个罪过机制为拉辛的所有冲突(包括爱情冲突)提供养料:在拉辛戏剧里,只有一种关系,那就是上帝与被造物的关系。

---

① 古代中国的封建主义:"我们只在犯下错误的情况下才会给外乡人自己的封地,授予封地的关系是'应该'犯下的错误以及这个错误寻求宽恕的结果。"(Granet,《社会学年鉴[*Année sociologique*]》,1952,第 22 页。)

② 面对著名的俄狄浦斯情结,我们可以称这个行为是挪亚(Noé)情节:在所有的儿子中,一个嘲笑父亲的裸露,其他儿子则转移视线并掩盖这一裸露。(在《旧约·创世纪》中,挪亚有闪、含、雅弗三个儿子。一天,挪亚在葡萄园中劳作之后喝醉了酒,在帐篷中赤身。含看到之后跑出去告诉两个兄弟。而闪和雅弗则拿了件衣服搭在肩上,倒退着进去给父亲盖上,背着脸不去看父亲的赤身。挪亚醒后知道了三兄弟的作为,诅咒了含的儿子及其后代。巴尔特在此处应该是模仿弗洛伊德的"俄狄浦斯情结"提出了"挪亚情结"。——译注)

拉辛式英雄的"独断主义"

这个可怕的联盟,就是忠诚。英雄在父亲那里甚至体验到某种圈套的恐怖:英雄就像被一团让人窒息的具有强占性的东西抓住那样,被自己的先前性所约束。这团东西是由关联(lien)的无形累积构成的①:配偶、父母、祖国甚至孩子,合法性的所有形象都是死亡的形象。拉辛式的忠诚是悲哀和不幸的。例如,提图斯体验的就是这样:他父亲活着的时候,提图斯是自由的;父亲去世,提图斯就被束缚了。所以,我们正是依据英雄的决裂力量来衡量拉辛式英雄的:使英雄获得解放的,必然是其不忠。最为退化的形象则是与父亲保持连接,封闭在父亲的实体之中(赫耳弥俄涅、希法赫斯、伊菲革涅亚、以斯帖和耶何耶大):这个实体呈现得极好(即带有侵略性地,即便这种侵略性在希法赫斯和伊菲革涅亚那里是文明的)的一种**正当**就是过去。其他形象尽管也完全无条件地服从父亲,但他们将这种忠诚体验为某种悲哀的秩序,并在一种迂回的抱怨中接受这种忠诚(安德洛玛刻、俄瑞斯忒斯、安提戈涅、朱妮、安条克和莫妮姆)。最后,其他人(这是真正的拉辛式

---

① 哦,配偶的灰烬!哦,特洛伊人!哦,我的父亲!
哦,我的儿子,你的日子对你母亲来说代价高昂!(《安德洛玛刻》,III,8)

英雄)则完全进入不忠的问题中(海蒙[Hémon①]、塔克希尔、尼禄、提图斯、法尔纳斯、阿喀琉斯、费德尔、亚她利雅,以及行为最为放任的皮鲁士):他们知道必须决裂,但却找不到决裂的办法;他们知道如果不经历一个新的分娩②,一般来说就是犯罪——弑父、弑母或弑神,就不能从童年过渡到成年;他们的特性就是**拒绝继承**;这也是为什么我们可以在这些人身上安放一个胡塞尔的用语,称他们为**独断英雄**;在拉辛的词汇里,这是些**不耐烦的人**。他们努力脱离,却被过去无穷无尽的力量制止,这种力量是真正的**破坏力**(Erinye③),它阻止建立使一切成为可能的新法④。

就是这个窘境。如何摆脱呢?并且首先,**何时摆脱呢**?忠诚是一种让人恐慌的状态,它就像一个围墙,一处破裂就会造成可怕的震动。但毕竟还是会产生这种震动:这就是不可忍受之事(拉辛式的**这太过分了**,甚或**登峰造极**、**至死的绝境**)。关联之痛会让人真的呼吸暂停⑤,正是这种痛苦会激发行动;被围捕的拉辛

---

① Hémon,希腊神话中克瑞翁的儿子,安提戈涅的未婚夫。安提戈涅因埋葬哥哥被克瑞翁处死之后,海蒙自杀。——译注

② 步洛是试图在尼禄那里催生出儿子帝王的人。其他劝告者说:
在漫长的童年中,他们使他衰老。(《布里塔尼居斯》,I,2)

③ 忠诚在其好斗性、复仇性和破坏性的意义下,是一个非常犹太的概念:"但在犹太民族中,那些复苏衰退传统并更新摩西训诫和勒令的人总是会涌现出来,他们只在丢失的信仰无从找回的情况下才会终止。"(弗洛伊德,《摩西与一神教》)

④ 皮鲁士对安德洛玛刻说:"被一个目光激发,我才明白一切。"这就是说:如果您不帮我与迫害性神力赫耳弥俄涅断绝关系,我就同意新法。

⑤ 遭受痛苦的反面就是感到轻松:"在一个可怕体验后,拥有某种放松。"

式英雄**想要**冲出重围。但这个运动本身，被悲剧悬搁了：拉辛的人在其脱离的过程中是处于**惊奇**状态的，这是**询问做什么**的人，而不是真正**做什么**的人；这种人召唤、祈求行动，但不实现行动；这种人提出选项，但并不进行选择；这种人感到被推向行动，但并不将行动投射到自己身上；这种人认识到的是窘境，而不是问题；这种人更懂得否弃而不是计划（皮鲁士仍是例外）；对这种人来说，做点什么也只不过是改头换面而已。这种二选一的悬搁特性在无数拉辛话语中表达出来；其习惯性的表述是：**啊，与其……倒不如……**（*Ah plutôt...*），这就是说：一切（包括死）都比继续如此强。

拉辛的人，其解放运动是完全不及物的，这已经是失败的胚芽：行动无处施展，因为一开始就已脱离世界。天地万物的绝对划分来自对子自身的封闭，这种划分排斥任何中介；拉辛的世界是一个两极世界，总是处于矛盾而不是辩证的状态：这里缺少第三极。没有什么比爱情［的言辞］表达更能标志这种不及物性，爱是一种在语法上缺乏对象的状态：**我喜欢**，**我想要**，**您喜欢**，**最终我要喜欢**，似乎在拉辛这里，动词"爱"本来就是不及物的；这个词所给予的，是一种并不在乎其对象的力量，总而言之，即行动本身的实质，就像是脱离言词，行动就枯竭了①。爱在一开始就放弃了

---

① 例子：
　　我爱过，主啊，我爱过：我想要被爱。（《贝雷尼丝》，V，最后一幕）
另一被本质化的动词是**害怕**：
　　您害怕什么？
　　——我本身是忽略这个问题的，
　　但我害怕。（《布里塔尼居斯》，V，1）

目标,爱就是**失望**。失去现实,爱只能自我重复,而不是向前发展。这也是为什么拉辛式英雄的失败最终是因为除了将时间构想为重复以外,别无他法:选择总是走向重复,而重复则走向失败。拉辛式绵延从来都不是走向成熟,而是走向循环,它增添但从不转化(《贝雷尼丝》是这种轮换最完美的例子,正如拉辛所说,它不产生任何结果)。被这种僵化的时间侵袭,行动沦为仪式。并且在某种意义上,没有什么比悲剧危机的概念更为虚幻的了:这个概念不解决任何问题,而是斩断问题①。这个重复性时间当然也是定义族间仇杀的时间,定义无尽而又一成不变之犯罪世代的时间。"亚她利雅的兄弟仇怨",所有拉辛式英雄的失败,就是被不可避免地扔给这循环的时间②。

---

① 相反,例如埃斯库罗斯的悲剧就不斩断,而是解结(《俄瑞斯忒亚》建立了人类法庭):束缚解开,补救是存在的。(埃斯库罗斯,《阿伽门农》)
② 阿格里皮娜咒骂尼禄:
  你的狂暴,来自永远新鲜的血液,
  在过程中自我刺激,将标记你的所有日子。(《布里塔尼居斯》,V,6)
亚她利雅咒骂约阿施:
  我自信,我希望
  你不顺从你的枷锁,厌倦你的法则,
  忠于我给亚哈(Achab)的血统……
  人们从大卫那里看到可恶的子孙
  损害你的荣耀,亵渎你的祭坛
  并向亚她利雅、亚哈和耶洗别复仇。(《亚她利雅》,V,6)

解决办法概略

对拉辛来说,反复性时间在何种程度上属于上帝,就在何种程度上属于自然(Nature)本身;因此,与此时间断绝,就是与自然断绝,就是试图反自然(anti-Physis)。例如,以这样或那样的方式背弃家庭,背弃自然的亲子关系。有些拉辛式英雄勾勒出了这一解放运动。只有接受冲突中的第三项才能有所行动。例如,对于巴雅泽来说,这个第三项就是时间:巴雅泽是唯一一个追求行动延缓、崇尚等待的悲剧英雄,因此,他威胁着悲剧的本质①;亚她利雅则把巴雅泽带入悲剧和死亡,抛弃了情人的所有调解:尽管亚她利雅是温柔的,但她有破坏力,她**恢复**了巴雅泽[的悲剧本质]。对于步洛建议下的尼禄来说,这第三项就是世界,皇帝的真实任务(这个尼禄是求发展的);但对于纳西瑟斯建议下的尼禄来说,这第三项就升格为系统犯罪,就是"思想"暴政(这个第三项相对于其他道路来说是一种倒退)。对于阿伽门农来说,这第三项是由祭司巧妙杜撰出来的假伊菲革涅亚。对于皮鲁士来说,这第三

---

① 反悲剧的诗句:
  也许有时间的话,我会更有勇气。
  我们不要匆忙……(《巴雅泽》,II,1)

项是阿斯堤阿那克斯(Astyanax①),是儿童的真实生活,是对一个开放和崭新未来(与赫耳弥俄涅的破坏力所代表的族间仇杀法则相对立)的构造。在此极其循环往复的世界里,希望就是总要进入一个第三秩序,在这个秩序里,刽子手和受害者、父亲和儿子这样的二重奏将最终被超脱。所有三个恋人所经历的悲剧,与其说是三角恋的传统要素,不如说是一个脱离原始成对情侣(couple)之枯燥无味的乌托邦景象②,这个超脱也许就是这三个恋人形象的祈愿意义。

但主要的解决办法,则是拉辛(而不是由拉辛的某几个形象)所创造的自欺:英雄自我平息的方式是逃避冲突而不是解决冲突,是完全自我放逐到父亲的阴影中,是将父亲看作绝对的善——这是因循守旧者的解决办法。在拉辛的所有悲剧中,都游荡着这种自欺,自欺触及形象的方方面面,为其提供道德语言;这

---

① Astyanax,希腊神话中,赫克托与安德洛玛刻的儿子。赫克托在特洛伊战争中战死之后,阿斯堤阿那克斯与母亲安德洛玛刻一起成为皮鲁士的俘虏。——译注
② 赫耳弥俄涅说安德洛玛刻和皮鲁士:
  我们看到他还在让我们分享他的关照。(《安德洛玛刻》,V,3)
俄瑞斯忒斯变疯:
  联合三颗不能一致的心。(《安德洛玛刻》,最后一幕)
朱妮对尼禄和布里塔尼居斯说:
  你们的心只有拉近关系才会感到痛苦……(《布里塔尼居斯》,III,8)
提图斯对安德洛玛刻说:
  您对我们只有一颗心、一个灵魂。(《布里塔尼居斯》,III,1)
这里或那里有一种奇怪的拉辛式陀思妥耶夫斯基主义。

个自欺在拉辛的四部"欢喜"的悲剧中明明白白地占据着优势地位:《亚历山大》《米特里达特》《伊菲革涅亚》和《以斯帖》。在这里,悲剧在某种程度上就像脓肿一样固着在某个表面上边缘的声名狼藉者(le personnage noir)身上,而这个声名狼藉者则充当着为其他人抵罪的受害者(塔克希尔、法尔纳斯、艾丽菲尔和阿曼)。悲剧人物是那个被当作不受欢迎者而被真正驱逐的人。悲剧人物离开了,其他人则可得到喘息、存活并免于悲剧,没人再去打量他们:他们可以一起撒谎,将父亲奉为自然权利(Droit),享受他们以常识获胜的乐趣。事实上,悲剧的这种消失只有以最后的调整为代价才得以发生:必须将父亲一分为二,利用某个重大道德或社会功能的距离,从中提取一个超越的、略微脱离报复心重之父亲的慷慨形象。这也是为什么在所有这些悲剧中,总是同时有一个父亲和一个国王,二者截然不同。亚历山大可以是慷慨的,因为族间仇杀的法则是波鲁斯(Porus①)的规定;米特里达特是双重的:作为父亲,他从死亡、动乱和惩罚中归来,作为国王,他死去并宽恕;阿伽门农想让他的女儿死,但希腊人、教会(卡尔克斯[Calchas②])和国家(尤利西斯[Ulysse③])则拯救了她;末底改权衡法

---

① Porus,公元前4世纪印度保拉瓦(Paurava)王国国王,曾与亚历山大对战。在拉辛的《亚历山大》剧中,波鲁斯与塔克希尔为争夺阿西妮成为情敌。——译注

② Calchas,希腊神话中,在特洛伊战争中跟随阿伽门农的随军祭司,预言阿伽门农要出海顺利,必须献祭长女伊菲革涅亚。——译注

③ Ulysse,即奥德修斯(Odysseus),传说中希腊西部伊萨卡岛之王,特洛伊战争中,献木马计里应外合攻破特洛伊。出现在拉辛悲剧《伊菲革涅亚》中。——译注

律,**占有**以斯帖,亚哈随鲁则重建和充实法律。在这个巧妙的划分中,也不是不能找到拉辛自身行为的影子:拉辛不断将他自己的生活在国王(路易十四)与其父亲(皇港)之间进行划分。而拉辛所有悲剧的根基其实是皇港,后者描画了忠诚与失败的主要形象。但所有悲剧绝境的解决方法则是路易十四以及对父—王的顺从唤起的:悲剧永远是被国王拖垮的,况且,路易十四最热烈赞赏的正是这些"被调整过"的悲剧。

亲信

然而,在失败与自欺之间,还有一个可能的出路,这就是辩证法。悲剧并没有忽略这个出路,但只有不断让某个功能性的人物形象变得平庸,才能够承认这个出路,这个功能性的人物形象就是亲信。在拉辛的时代,角色的模式(mode)正在消退,而增长的可能是角色的意味(signification)。拉辛式的亲信(而这符合其原初状态)是通过某种封建关系和**宗教笃信**而与英雄连接起来的,这种关联让亲信代表某种名副其实的双重性,多半要去承担冲突及其解决办法的所有平庸,简言之,就是将悲剧的非悲剧部分安置在旁侧区域,在这个区域,语言丧失威信,成为**家常**①。我们知道,经常与英雄的独断主义相对的是亲信的经验主义。在这里,需要重提我们已经讨论过的有关悲剧围墙的内容。对于亲信来说,世界是存在的;从舞台中走出去,亲信可以进入真实世界并且重返舞台:亲信的微不足道使他能够无处不在。这种**离场权**

---

① 费德尔让俄诺涅帮她摆脱行动的**使命**,只高贵地、幼稚地保留悲剧结果:

为了打动他,最终尝试所有办法。(《费德尔》,III,1)

的第一个结果就是,对亲信来说,天下万物不再是绝对相互矛盾的①:一旦世界变得多元,那本质上由世界之非此即彼式构造建构起来的异化就得让位了。英雄活在形式、交替和符号的世界里,亲信活在内容、因果和意外的世界里。也许,这是理性(raison)之声(一种极为愚蠢的理性,但仍略属大写的理性)与"激情"之声的对峙,然而,这尤其是可能与不可能的对峙;失败成就英雄,失败对于英雄来说是超验的;在亲信眼里,失败**触及**英雄,失败对于英雄来说是偶然的。所以,亲信所建议(从未成功)的解决办法具有辩证特征,亲信总是坚持为非此即彼提供中项。

因此,对于英雄来说,医生是开胃酒,医生首先就是要揭开秘密,确定英雄窘境的确切位置,医生要的是明朗。医生的技术似乎很粗糙,但又是可靠的:这就是激惹英雄,向英雄简单地呈现一种与其冲动相反的假设,一言以蔽之,就是"钓鱼疗法"②(一般来说,英雄会一下子就"认错",但很快就会在大量自我辩护的言辞下收回认错)。至于医生面对冲突所建议的做法,则都是辩证的,也就是说结果取决于手段。以下即是一些最常见的做法:**逃跑**(对悲剧性死亡的非悲剧性表达),**等待**(恢复现实中走向成熟的

---

① "主观主义和客观主义,唯灵主义和唯物主义,活动和受动,只是在社会状态中才失去它们彼此间的对立……"(马克思,《经济学—哲学手稿[*Manuscrit économico-philosophique*]》)(此处译文引自《马克思恩格斯文集》,第一卷,人民出版社,2009,第192页。——译注)

② 例子:对希波吕托斯说这恰巧涉及为阿里茜付出他的爱:
　　什么!您自己,主啊,您要她不得安宁?(《费德尔》,I,1)

时间与重复性时间的对立)①，**活着**(所有亲信的话都是**请活下去**，这句话特别指出悲剧性独断主义就像是一种失败和死亡的意志：只要英雄让其生命有一定价值，英雄就算是保全了自己)。在这三种形式下(最后一个是命令式的)，亲信所建议的生存欲望(la viabilité)正是最反悲剧的价值；亲信的角色不仅是表征这种生存欲望，还是以悲剧外部的理性(Ratio)来对抗英雄掩盖其失败意志的借口，并在某种程度上阐释这种失败意志：亲信**抱怨**英雄。也就是说亲信以某种方式减轻英雄的责任：亲信相信英雄能够自由地自我拯救，而不是自我伤害，相信英雄能够在失败中**有所行动**，且无论如何有能力走出失败。而这与悲剧英雄完全相反，悲剧英雄要担当自己并未犯下的先祖过错，并且愿意承担其全部责任，但当要超越这个过错的时候，悲剧英雄又表明自己无能为力；悲剧英雄自愿自由地(一言以蔽之)成为奴隶，而绝不自由地去自由。尽管亲信笨拙且往往非常愚蠢，但在亲信这里，已彰显出仆人反抗的整个谱系，后者以对现实的一种灵活和欢乐的把握，来对抗主人和老爷的倒退心理。

---

① 我的兄弟，向这沸腾的交通让步：
亚历山大和时间将使您成为最强大者。(《亚历山大》，III，3)
让这湍流去费心流淌吧。(《贝雷尼丝》，III，4)
但是，夫人，这成功还尚不确定。
请您等待。(《巴雅泽》，III，3)

对符号的恐惧

英雄是封闭的。亲信围绕在其周围,但并不能渗透英雄;他们不停交换语言,但从不契合。因为英雄的封闭是一种既深刻又直接的恐惧,这种恐惧由人类交流的表象维持:英雄活在一个符号的世界,他知道自己被符号所牵涉,但这些符号并不是确定的。命运不仅从不证实这些符号,而且还为符号添乱——命运在不同现实上使用相同的符号;一旦英雄开始信赖(也有人说是**自我吹嘘**)某个意指,就会有什么介入其中,拆解这个意指,让英雄突然陷入麻烦,让他大失所望;此外,世界也似乎布满"色彩",而这些色彩就是陷阱。例如,所爱的消逝(或其口头替代者,沉默)是可怕的,因为这种消逝是一种二度的模糊,人们永远也不能确定这种消逝:否定性如何能产生符号?虚无如何自我意指?在意指的地狱里,消逝是痛苦之首(仇恨还能给英雄更多安全感,因为仇恨恰恰是确定的)。

当世界缩减为对子的单一关系,不断被质问的就是整个另一方;英雄痛苦地竭尽全力,以便**读懂**他所关联的那个对手。当**嘴**成为虚假符号的场所①,读者不断朝向的就是面孔:肌肤就像是客

---

① 我等待,为了相信您,
 这同一张嘴,在万千

观意指的希望;**前额**就像光滑、暴露的面孔清楚地表达着它所接收的消息①;尤其双眼,那是真相的最后机关②。但最确定的符号,显然是[表达]**惊奇**的符号(例如一封信):肯定的不幸变成充盈的欢喜,最终引发行动——这就是拉辛所谓的**安宁**③。

这也许是悲剧悖谬的最后状态:这里意指的整个系统都是双重的,即无限信任与无限怀疑的对象。这里我们触及了解体的核心:语言。拉辛式英雄的行为本质上是言语的;但通过某种交换的

> 应该将我们所有时刻联结起来的爱之誓言后,
> 这张嘴,在我眼前,承认不忠,
> 它本身命令我永恒缺席。(《贝雷尼丝》,IV,5)
> 啊!您可相信,我的嘴离思考差得远,
> 它只能发声?(《巴雅泽》,III,4)

① 例子:
> 我会发现见证我通奸火焰的人
> 让他去看一看我敢以何种正面的方式靠近他父亲。(《费德尔》,III,3)

尽管古典语言享有符合习俗的盛誉,我还是很难相信古典语言的这些意象的僵化。我反而认为,古典语言从其隐喻的模糊特征中提取其独特性(及其特别高贵之美),这种独特性既是概念的又是物的,既是符号的又是图像的。

② 我的嘴千万次地向她保证相反的事物。
> 至此我还是能够自我背叛,
> 主啊,我的眼睛防止她听从我。(《布里塔尼居斯》,II,3)
> 情人的名字也许会违背他的勇气;
> 但如果他没有勇敢的语言,他却有勇敢的眼睛。(《费德尔》,II,1)

③ 从我曾经投入的残酷关照中解放出来,
> 我平静的盛怒只有去复仇。(《巴雅泽》,IV,5)

运动,这些言语也不断冒充行为,尽量让拉辛的人的话语由某种直接的运动完成:话语**被抛**在我们面前(我这里当然是有意将其与书写语言相区别)。假如我们把拉辛式话语写得像散文一样,不考虑任何音调的褶曲,我们发现的是这样一种骚动,它形成了运动、呼喊、挑衅、上涨、愤怒。简言之,它是语言本身的基因,而不是语言的成熟状态。拉辛的**逻各斯**从来不会脱离自身,它是表达式,没有传递性,它从来不会导致对对象的操控或对事实的改变;它总是停留在某种煞费苦心的重言式中,停留在语言的语言之中。我们大抵可以将这个逻各斯归结为完全通俗的、数量有限的连接或结语:这绝不是因为这些"情感"是平庸的(这是萨尔赛[Sarcey]和勒迈特[Lemaître]①的平庸批评所乐于相信的),而是因为通俗性是亚语言(sous-langage)本身的形式,是这种不停产生且从不实现的逻各斯本身的形式。此外,这正是拉辛的成功之处:拉辛的诗歌式写作足够透明,以至于我们可以猜到"舞台"那近乎贩鱼船的特征:发音基质如此接近,这让拉辛式话语获得柔顺的呼吸和放松,要我说就差不多是"摇摆"②了。

---

① 例如,对于在《安德洛玛刻》中的这个批评,拉辛将一个寡妇的情况搬上舞台,这位寡妇在二婚之前,在自己的孩子和对前夫的回忆之间犹豫(引自:A. Adam,《17 世纪法国文学史[*Histoire de la littérature française au XVIIe siècle*]》,第四卷,第 319 页)。

② 舞台(scène)的发音为[sɛn],摇摆(swing)为[swiŋ]。在巴尔特看来,二者发音很接近。——译注

逻各斯与实践

拉辛悲剧展现的是语言的一种十足的普遍性。在这里,语言在某种自我陶醉的提升中,吸收了在别处会转归其他行为的所有功能;几乎可以说,这是一种具有**复合技术**的语言:它是器官,可以扮演看的角色,就像耳朵能看①;它是情感,因为爱、痛苦、死亡在这里只不过是言说;它是实体,它可以进行防护(**窘困**,就是因为停止说话,然后有所暴露);它是秩序,它能让英雄为自己的侵犯或失败辩护,并从中获得人们赞同的错觉;它是道德,它允许将激情变换为**正当**。这也许就是拉辛悲剧的关键:说就是做,逻各斯完成着实践的功能,并取而代之。世界的一切失望都盛放在言说中,都在言说中获得补偿,行动被掏空,语言被塞满。这绝不是拘泥文字,拉辛的戏剧并不是健谈的戏剧(在某种意义上,高乃依的戏剧要更为健谈),而是行动和言说如影随形的戏剧,二者结合起来是为了立即相互逃离。可以说在拉辛戏剧中,言说不是行动而是反应。这也许能够解释为什么拉辛如此容易听从时间单位的形式规则:对拉辛来说,让言说的时间与真实的时间相吻合毫无困难,因为现实就是言说。为什么拉辛要让《贝雷尼丝》同样遵

---

① 宫廷使耳朵成为真正的感知器官。(《巴雅泽》,I,1)

循他的剧本模式:为了让话语出格,行动就要趋于无效①。

因此,悲剧的基本现实,就是这个言说—行动。其功能很明显:使力量关系成为中项。在一个不可避免会被分化的世界里,悲剧人物只有通过侵犯的语言进行沟通:他们**制造**着自身的语言,他们言说着自身的分裂,这就是他们身份的现实和限制。在这里,**逻各斯**的功能就像希望与失望之间珍贵的旋转门:逻各斯给原始冲突第三项(言说就是延续),因此这完全是一种行动;然后,逻各斯撤离,重新成为语言,重新让关系缺乏中介,将英雄重新投入保护着他的根本失败。这个悲剧**逻各斯**,就是辩证法本身的幻象,就是出路的形式,但这只是其形式:一个虚假的门,英雄不断陷入其中,逐渐构成这扇门的轮廓及其全部。

这个悖谬解释了拉辛式**逻各斯**神魂颠倒的特征:它既是语词的骚动,又是沉默的蛊惑;既是力量的幻象,又是终止的恐怖。幽禁于言说之中,冲突显然是循环的,因为什么都不能阻止其他人再来言说。语言描绘了[充斥着]无限转变与无尽可能的美妙和可怕世界;所以,在拉辛这里,侵犯常常会是耐心的故作风雅的情话:英雄变得无比愚蠢,以此保持精力集中,推迟沉默带来的残酷时间。因为沉默将是真正作为的突然侵入,将是所有悲剧装置的崩塌:结束言说,就是开始一个不可逆转的进程。因此,这就显现出拉辛悲剧的真正乌托邦:在这个乌托邦的世界里,言说就是解决办法;但也是其真正的局限——不可能性。言说从来不是证

---

① "男女英雄……常常做得最少、痛苦最多。"(德·奥比尼亚克[D'Aubignac],引自:Schérer,《法国戏剧评论[*Dramaturgie française*]》,第29页。)

据,拉辛式英雄永远也不能证实自己:我们永远也不知道是谁在对谁说话①。悲剧仅仅是一个会自说自话的失败。

但在这里,因为存在与行动之间的冲突以显现的形式解决,一种表演艺术就建立起来了。可以肯定的是,拉辛悲剧是给予失败以审美深度的尝试中最为明智的一个:它是[关于]失败的真正艺术,它对不可能性之演出所进行的诡计多端的构造实在令人钦佩。在这方面,拉辛悲剧似乎击败了神话,因为神话从矛盾出发并逐渐走向矛盾的调解②。而悲剧则相反,它使矛盾静止不动,拒绝调解,让冲突保持开放;确实,每当拉辛将某个神话占为己有并转化为悲剧时,在某种意义上,总是为了否定、僵化这个神话,使之成为一个最终封闭的传说。但恰恰因为拉辛悲剧服从深度的审美反思,封闭于某种形式,一幕幕地系统化,以至于我们可以谈论名副其实的拉辛悲剧,最终让充满崇敬的后世来重演,这种对神话的拒绝本身就成为神话:**悲剧,就是神话失败的神话**。悲剧最终走向某种辩证功能:作为对失败的**演出**,悲剧以为能够对失败有所超越,对直接激情有所调解。尽管一切都毁灭了,但悲剧只不过是一场**演出**,也就是说,悲剧只是与世界的一个和解。

---

① "从心理上来说",拉辛式英雄的真实性问题是不可解的:不可能为提图斯对贝雷尼丝的感情给出一个**真相**。提图斯变得**真实**,仅仅是在他与贝雷尼丝分开的时候,即他从**逻各斯**(Logos)过渡到**实践**(Praxis)。

② Claud Lévi-Strauss,《结构人类学(*Anthropologie structurale*)》,第十一章,Plon。

作品

Les œuvres

《德巴依特》

　　《德巴依特》的主题是什么？仇恨。拉辛戏剧中有的是仇恨。阿西妮恨塔克希尔，赫耳弥俄涅恨安德洛玛刻，尼禄恨布里塔尼居斯，罗克桑娜恨亚她利雅，艾丽菲尔恨伊菲革涅亚，阿曼恨末底改，耶何耶大恨马唐(Mathan)。这些可以说是天然的、异质的仇恨。还有含糊的、家族的或恋人的仇恨，那种让**本来**非常亲近的人相互对立的仇恨：阿格里皮娜与尼禄，希法赫斯与法尔纳斯，罗克桑娜与巴雅泽，赫耳弥俄涅与皮鲁士，亚她利雅与约阿施。《德巴依特》中的仇恨就是后者这种类型。这是一种同质的仇恨，它使兄弟相互反目，同类相互对立①。厄特克勒斯与波吕尼克斯如此相似，以至于他们之间的仇恨就像一股在同一整体中相互作用的内部激流。仇恨并没有分化兄弟俩：拉辛不停地告诉我们，仇恨使二人更加靠近。他们生也彼此需要，死也彼此需要，他们之间的仇恨是对互补性的一个表达，仇恨从这个统一体本身之中提取力量：他们恨自己不能相互区分。

　　因此，很难说他们是接近的：他们是邻近的。双胞胎兄弟，从生命起点就在同一个卵巢里，抚育于同一个地方——这个如今他

---

① 17世纪时，《德巴依特》特别被称作《兄弟仇隙(*Les frères ennemis*)》。

70 们相互对峙的宫殿①,他们从未离开的地方;对他们父亲的一个判决迫使他们处于同一个功能,这个功能(或拜的王位)是一个位置:占据同一个王位,就字面意义上来说,就是占据同一个空间②;王位之争,就是争夺他们安置自身躯体的场所,就是最终打破那使他们成为双胞胎的法则。

诞生于同一个身体单位,仇恨就在对手的身体本身中寻找维持的力量。因自然和父亲的决定而被迫无限共在,兄弟俩就在这交织中汲取相互冲突的珍贵酵母。拉辛告诉我们,从出生前开始,二人在母亲的肚子里彼此紧靠的时候,两个胎儿就在争斗③。从这个原生舞台开始,他们的生活就只是单调的重复。他们就位的那个王位也同时属于他们的父亲(因为统治的轮换继位显然只是空间重合的数学替代),王位只不过是在重复这个原初场域。为了了结仇恨,他们所希望的绝不是争斗,不是对敌人进行策略性和抽象的毁灭,而是个人躯体间的贴身肉搏,所以他们才会在封闭的场域里死去。无论是母体、王位或角斗场,他们永远都不能逃脱封闭他们的那同一个空间,某个统一的程序已经安排了他们的出生、生活和死亡。而他们相互摆脱的努力只不过是他们身

---

① 想想你们的出生地……(IV,3)
② 在王位之上,从来只有一个主人;
一位不事二主,不管王位多么浩大……(IV,3)
王位对于你们二人来说位置太小;
你们之间必须有一个更大的空间……(V,2)
③ 在一胎二子之时,
母亲的腹部就孕育着一个内部的战争
向她指明我们不和的起源。(IV,1)

份认同的最终胜利。

所以,第一个拉辛式冲突就是身体对身体的冲突。我认为,《德巴依特》的原创性正在于此:这个原创性并不是兄弟俩的相互仇恨,这种主题是从非常古老的民间传说继承而来;而是这个仇恨是两个身体的仇恨,身体往往是仇恨的养料①。从这一时刻开始,拉辛式英雄的急躁就是有形的,英雄总是在与某个爱与恨共有的幻象作斗争②:情欲是一种模糊的力量。

拉辛很清楚,正是通过坚持这个仇恨的身体性质,才能更好地发现这个仇恨的无理据性。兄弟间可能也有关于权力的政治争斗:波吕尼克斯依靠神权,厄特克勒斯依赖民选,两种君王概念看起来相互对峙。但实际上,真正的君王是克瑞翁:他想要执政。对两兄弟来说,王位只是借口③:从他们面对面时彼此领会到的身体不安④,他们就知道他们必定相互仇恨。拉辛很好地预言了这个完全现代的真相,即最终身体才是他人最纯粹的本质:正因为兄弟俩间的仇恨是身体上的,所以这个仇恨才是本质上的仇恨⑤。

---

① 我希望在看到他们的狂暴展开之时,
重申他们的仇恨,而不是驱逐这个仇恨,
阿塔尔(Attale),他们要相互拥抱的时候其实在相互窒息。(III,6)
他越靠近,越让我感到可恨。(IV,1)
② ……在我们的血液里,他要显现
爱与恨最为黑暗的一切。(IV,1)
③ 他离开我,留下整个帝国,我甚至感到遗憾。(IV,1)
④ ……这一靠近激起了我的愤怒。
人们仇恨敌人,正是当敌人在我们身边的时候!(IV,2)
⑤ 我恨的不是他的傲气,我恨的就只是他。(IV,1)

这个仇恨是器质性的,它有绝对之物所具有的所有功能:它操持、助长和安慰不幸,产生欢乐,在死亡之外还能持续①。简言之,仇恨是一种超验性。它让人活下去的同时也让人走向死亡,其极具现代特征的含糊性正在于此。

凭借这基本的含混,拉辛的这第一种仇恨已然同时是不幸及其慰藉。这里就需要重新回到这个仇恨的起源:在敌对双方的血脉里流淌的血统、乱伦以及父亲的过错。然而,我们知道在拉辛这里,血统、命运和诸神都是同一种否定性力量,一种**超自然力**,一种**在别处**,这个力量的空洞构造出人类的无责。兄弟俩不能对一个来自他们本身之外的仇恨负责——而这正是他们的不幸所在——但他们能够创造这个仇恨的形式,给这个仇恨以一个他们能够完全支配的程式:接受他们之间的仇恨,就已经遭遇了悲剧性的自由,这个悲剧自由不是别的,正是对某种必然性的认可。兄弟俩自知相互仇恨,就像费德尔自知有罪,而这就是在实现悲剧。现在我们就正在拉辛式形而上学的核心:人用自己的过错来补偿诸神的任性②,他们自称有罪以便宽恕诸神;通过犯下一个他们并不想要犯下的过错,他们以赎罪(propitiatoire)的方式来矫正神为惩罚其自身安排而做的丑恶蠢事③,他们将过错与惩罚相混淆,让人的行为同时既是罪行又是折磨,只有通过指责人才能说

---

① 他彻底死了,夫人,但他还保有愤怒。(V,3)
② 诸神?还是上帝?拉辛都说成:上天(le Ciel)。
③ 这就是伟大诸神的至高正义!
  直到犯罪边缘,他们一直引领我们的步伐;
  他们使我们犯罪,且从不为此辩护。(III,2)

明人的特征。因而,在《德巴依特》中开始显露一种亵渎神明的体系,这个体系在最后几部悲剧(《费德尔》《亚她利雅》)中将得以加冕。这个体系的基础是颠倒的神学:人承担诸神的过错,人用血偿还诸神的邪恶。诸神毫无理由地在厄特克勒斯与波吕尼克斯之间埋下仇恨,厄特克勒斯与波吕尼克斯接受活在这种仇恨之中,他们就使诸神的行为成为正当。

因此,在强大且有罪的诸神与弱小且无辜的人之间,建立起了某种和解契约,这就是恶;一个非常古老的合法性助长着这个力量关系的两项:诸神与人;这就是严酷悲剧的经济学。但我们知道,拉辛悲剧的经济学是一个巴洛克式的体系;在这里,一个同时从世代深处和拉辛的基底而来的非常古老的遗产,与布尔乔亚精神的最初力量进行角斗;拉辛悲剧并不纯粹,总有某些腐化变坏的地方。在《德巴依特》中,就有这样的地方:那就是克瑞翁。克瑞翁勾画出了悲剧合法性的一个断裂①,这有点像《安德洛玛刻》中的皮鲁士,《布里塔尼居斯》中的尼禄。从连接诸神与兄弟俩的寄生情结中,克瑞翁领会到的是逃跑。对克瑞翁来说,世界是存在的,而世界正是他的拯救者。双胞胎之间的仇恨是一个没有对象且无限转向自身的运动,克瑞翁的激情则懂得在某个外在于激情的目的上止步,这种激情给予自己真实、世俗的对象:克瑞翁喜欢一个女人,他想支配她;克瑞翁的失败本身是偶然的,不是命运。克瑞翁在面对集体法则、家族血统和族间仇杀的重复时间时,他描绘出了第一个拉辛的人的地位:不再将过去视作价值,只

---

① 这个断裂也是从海蒙开始显露的,他把他的爱定义为**反对诸神**。(II,2)

从自身获得自己的法则①。

　　所以,诗意的对立并不在兄弟俩之间,而是在兄弟俩与克瑞翁之间。双胞胎让连接他们的血统成为他们之间仇恨的实体本身,他们活在自然中就像活在地狱里,但他们从来不会就此离开;他们只是用与兄弟关系相反的事物代替兄弟关系;他们颠倒了情感关系中的项,将自己囚禁其中,这是阻断他们一切出口之处境本身的对称物;他们彼此被侵犯的关系(也就是纯粹的互补性)所束缚。克瑞翁则打破这种程式,他没有敌人,只有障碍:克瑞翁对血缘关系无动于衷但也不反对②,他的自由是通过明确的**去自然化**而发生的③。正如我们在所有拉辛悲剧中看到的,克瑞翁就是那个作为悲剧毁灭者的次要但又颇具威胁的形象——个体。

---

① 　不要提醒我地狱的数目,
　　告诉我我赢得了什么,而不是我失去了什么。(V,4)
② 　阿塔尔,父亲之名是一个粗俗的头衔。(V,4)
③ 　如今自然混乱且沉默。(V,2)

《亚历山大》

初看起来,《亚历山大》是一部仍带有封建格调的作品:我们在这里看到的是两个同样骁勇善战的斗士面对面,一个毫不妥协,另一个志在必得;族间仇杀因如此高尚的勇敢行为而被无限延长,帝国得胜者无法结束冲突。胜利的君主国打破旧法,并建立新的秩序:这至少是拉辛希望我们为其剧本叫好的部分①。

实际上,亚历山大和波鲁斯是虚假的一对。亚历山大是神,他不作战;或者更甚,亚历山大拥有真实的军队而不是口头的武装,他在悲剧之外作战。波鲁斯和塔克希尔才是真正的一对,由他们的复本阿西妮和克莱奥菲尔支撑。他们才是真正的兄弟仇怨,两个印度国王:一个勇猛高傲,是族间仇杀法则的威严守护者;另一个以悲剧中相当难以置信的价值观——懦弱——为代价,力图与这个法则决裂。《亚历山大》的全部有趣(并非最不重要)之处,就在于塔克希尔的懦弱。

塔克希尔甚至在与敌人作战之前,就与敌人串通;他懂得巧妙地为所有政治合作制造必要的借口:作为和平主义者,他呼吁文明的价值,呼吁交战国之间的文化和宗教相似性,及时地提出一条让

---

① "这部剧的真正主题……(是)……胜利者的慷慨"(前言,I)。

他们变得亲近的古老交流路线——历史站在和平的一边。这是一个天生的附敌分子:亚历山大在发动战争之前就已在他身上嗅出通敌的气味①。更甚的是:可能塔克希尔真的喜欢懦弱,他可以因为某个焚毁人自由的深度计划而成为背叛者②。塔克希尔的卑鄙不是形势所逼:(为了尚不明确的好处,)他不仅随时准备向占领者出卖自己的国家,而且也随时准备出卖自己的姐姐③;塔克希尔身上似乎有一种无理据的淫媒意识(为了不使用更加粗俗的词);他几乎注意不到自己的懦弱,以至于他觉得这就是他的自由,他甚至在自己的懦弱中体验到了卖弄风情。一言以蔽之,懦弱就是他承担的角色。对塔克希尔这个角色的选择如此明显,以至于我们会毫不犹豫地把某些他还没有显现出来的恶劣情感都归诸他,尤其是忘恩负义这一点④(我们知道这一点在拉辛式地狱里的突出地位)。

这个懦弱是否带有某种内心世界、核心情感?这是一种有形的懦弱。阿西妮很清楚这一点:当阿西妮想迫使塔克希尔面对他自己的真实面目时,阿西妮发现的是塔克希尔对战斗的恐惧。阿西妮颇讽刺地说,塔克希尔只有在违背自身本质的时候才

---

① 塔克希尔对亚历山大说:
　　他寻找一个他不那么抵制的美德,
　　而也许他相信我更加值得他的关照。(I,1)
② 克莱奥菲尔对其兄提及亚历山大的诸"主题":
　　啊!如果您喜欢这个名字,如果您想要成为他……(I,1)
③　　您让我在他的爱中遭受痛苦,
　　而也许,兄弟,轮到我去爱他了。(I,1)
④ 阿西妮对塔克希尔说:
　　像你这样背信弃义的人,常常毫无收益。(III,2)

会战斗①。此外,这种懦弱在拉辛那里甚至有一个有形的名字:软弱②。塔克希尔是由令人讨厌的内容构成的,他屈服是为了更好地取胜。塔克希尔自己知道自己的实质,且懂得给这个实质赋予理论③;他感到亚历山大是一种分离性的力量,是一股"湍流";只要给亚历山大让出道路,然后关闭道路,就能够在他后面进行重建。塔克希尔的武器是抹除,他的防卫是滑脱;最尖刻的词也不能击中塔克希尔,"荣耀"也不会使他惶恐不安(如果塔克希尔牺牲自己,那是为了占有而不是配得上阿西妮);只有获得阿西妮的结果才算数。所以,有意让这个"懦夫"获得与悲剧最不相容的力量——绵延④(la durée)——就是合乎逻辑的。

然而,在塔克希尔这个软弱的总体中,却有某种扰乱其同质性的事物:塔克希尔恋爱了。这个存在产生了分裂⑤,他的懦弱本身不再统一;人物从而(以一种颇具嘲讽的方式)触碰到了悲剧英雄的状态:塔克希尔被拆解了,内在的耻辱侵害了他的宁静,那个作为卑劣者的宁静。二重性此处抓住了真正实质:一方面,塔克

---

① 阿西妮对塔克希尔说:
　　如果真有人爱我,必须……
　　必须战斗、战胜,或者在战斗中丧生。(IV,3)
② 波鲁斯谈到塔克希尔:
　　我更担心他软弱的抵抗。(II,5)
③ (I,2)
④ 这是他的复本克莱奥菲尔在向塔克希尔说话时说的:
　　亚历山大和时间将使您成为最强大者。(III,3)
⑤ 我难道不知道塔克希尔是一个不确定的灵魂,
　　当畏惧席卷他的时候,爱把他留住?(I,3)

希尔的存在,是他的软弱、适应性与温和;另一方面,塔克希尔的**作为**(faire),是对一个女人无条件的爱,而这个女人冷酷、局促(她甚至不承认她对波鲁斯的爱)和激烈,她的话穿透如利刃①。因为将塔克希尔与阿西妮连接起来的,实际上是互补性:他们是由**完全**相反的关系联系起来的,塔克希尔的存在与作为**完全**是分裂的。同样,在这里,拉辛式对子不是阿西妮与波鲁斯或者亚历山大与克莱奥菲尔,而正是阿西妮与塔克希尔;二者将被放到拉辛的那些强烈的实体矛盾之中,皮鲁士与安德洛玛刻、尼禄与朱妮、罗克桑娜与巴雅泽、米特里达特与莫妮姆,这些为太阳与阴影之意象而构造的对子也会加入其中。我们知道,阴影不是光明的丧失,而更是有实体相关联的——阴影在这里就是男人;而女人则是刚强有力的,因为女人使人痛苦、分化和残缺。塔克希尔不停追逐阿西妮的男子气概,他知道他只能从阿西妮那里抓住这种男子气概;正如所有的拉辛的人一样,塔克希尔试图在自己身上混合男性和狱卒的角色,让阿西妮成为被俘的对象,因为在拉辛这里,这单一的关系就可以构造完全的性别特征。但这个企图是可笑的,因为关系从一开始就颠倒了:布包不住剪刀,联合者克服了毁伤者。可以说,拉辛戏剧里的失败就是在这里出现的,这也是拉辛戏剧的所有意义所在。

如果把克莱奥菲尔②想象成塔克希尔的复本,就能更好地看

---

① 上前来,强大的国王,
伟大的印度君主,在此说的就是您。(IV,3)

② 完美的重复,因为克莱奥菲尔**出卖**塔克希尔就像塔克希尔曾经出卖克莱奥菲尔,阿西妮对塔克希尔说:
去吧,你把你姐姐将你托付的主人伺候得很好。(III,2)

到在某种程度上塔克希尔与阿西妮关系安排的实质性对立。克莱奥菲尔与塔克希尔的道德实质相同①,她同时是塔克希尔的姐姐和母亲,因为塔克希尔的软弱(即其存在)正是从她而来②。在克莱奥菲尔身边,塔克希尔只不过是在过多地做他自己,这是一个和解了的英雄;但正因此,到了阿西妮那里,塔克希尔就转而反对克莱奥菲尔。在拉辛那里,从母亲到情人的痛苦过渡只是在灾难中才又发生了一次:塔克希尔同时失去了母亲和情人,正如尼禄失去了阿格里皮娜和朱妮。在成为敌人前,克莱奥菲尔是塔克希尔的复本,很好地表现了这个在同一和他者之间的游移不定,永远也找不到停歇之地。

克莱奥菲尔那里最有意思的地方是,她是一个幸福的复本:与其说因为她是被爱的,不如说因为她接受在爱她的人面前失去自己。克莱奥菲尔处于阴暗、被俘虏的状态,她重新找到一个与太阳式的亚历山大的**正当**关系。不仅因为她接受自己的俘虏身份(正是作为俘虏,她爱上了亚历山大③),还因为她将这个俘虏身份变成神所制造的幸福阴影:她说,亚历山大净化他所触及的

---

① 克莱奥菲尔设下圈套,她的武器就是诡计:
  我难道不知道,没了我,他羞怯的价值
  很快就会屈服于他姐姐的诡计?(I,3)
② 她制造了一个懦夫……(V,3)
③ 我的心……
  已然开始为在他的枷锁下饱受煎熬而自我安慰;
  他不但对如此粗野的命运毫无怨言
  我发誓,他把这变成愉快的习惯。(II,1)

78　事物①,废除一切矛盾②,他是价值的绝对来源③。由此,被征服者的宽容褒扬了实质的公平秩序:作战者的宽厚、道德上的献祭实际上表现出了人类关系的一个罕见的成功。

所有这些解除塔克希尔在某种意义上之失败的方式非常奇怪,因为这种方式已经预示了拉辛的另一部悲剧:《伊菲革涅亚》,这部悲剧呈现了同样类型的供奉,并和《亚历山大》一样成功。在这两部作品中,悲剧是间接的、被搁置的:在《亚历山大》中,通过塔克希尔的种种行为,悲剧变得可笑;在《伊菲革涅亚》中,则通过艾丽菲尔的种种行为,悲剧变得次要。不管是这里还是那里,声名狼藉者承担了悲剧,并使一众只求生存的演员从悲剧中解放出来;由此,这里就像那里一样,恶是确定的,悲剧得以解除,活着的人可以很好地向声名狼藉者致以庄严的(或虚伪的)敬意。艾丽菲尔蔚为壮观的牺牲从卡尔克斯手中夺下了用来落在她身上的刀,这与亚历山大、波鲁斯、阿西妮甚至克莱奥菲尔为塔克希尔立下的"华丽坟墓"异曲同工④:这边牺牲了悲剧,那边则将悲剧埋葬。

---

① 他选择您的名字,这毫无瑕疵。(I,1)
② 尽管他渴望整个世界都屈服于他,
  但我们在他朋友行列中看不到任何奴隶。(I,1)
③ 是要向您交还
  皮鲁士的奴隶或亚历山大的朋友。(I,1)
④ 一座华丽的坟墓将告知
  您的痛苦和我的记忆的未来。(V,最后一幕)

《安德洛玛刻》

在《德巴依特》中,复仇的出路只有杀人;在《亚历山大》中,则只有懦弱或非凡的宽恕。拉辛在《安德洛玛刻》中第三次提出同样的问题:如何从旧秩序走向新秩序?死亡如何产出生命?一个对另一个的正当何在?

旧秩序害怕消逝:它会**维持下去**。这是需要忠诚的秩序(17世纪的语言在此矫揉造作地安置了一个暧昧的词,这个词既是政治的又是多情的,这个词就是**诚信**[la Foi]);其稳定性是由某个仪式——誓言——贡献出来的。安德洛玛刻发誓忠于赫克托,皮鲁士对赫耳弥俄涅做出庄严的承诺①。这个形式主义的秩序是一个圈,**它是人们不能脱离的东西**,封闭就是其充分定义。当然,这个封闭是含糊的:它是禁锢,但它也可以是避难所②,旧秩序给人

---

① 我知道打破何种对您来说是枷锁的誓言。(III,7)
   我曾以为我的誓言代替了我的爱。(IV,5)
② 这里是拉辛的一个根本的含糊性,安德洛玛刻谈到阿斯堤阿那克斯的时候说:
   我相信监狱会成为他的避难所。(III,6)

安全感。赫耳弥俄涅不断躲避在旧秩序中①,皮鲁士则会为离开旧秩序而战栗②。因此,这涉及一种十足的合法性,一种契约:要想获得法则的保护,交换条件就是受其支配。在前两部戏剧中,这个古老的合法性(尽管每次都是双头的:厄特克勒斯和波吕尼克斯,波鲁斯和阿西妮)还是无关紧要的;在《安德洛玛刻》中,这种合法性的追还还未丧失其所拥有的暴力,就被分化了。

赫耳弥俄涅是其中的过时形象,因此(因为总的来说这涉及个体主义的危机),她也是更为社会化的一个。赫耳弥俄涅实际上是整个社会的担保。这个社会("**希腊人**")拥有一种意识形态——族间仇杀(对特洛伊的劫掠、对绑架海伦的惩罚,在此不断滋养着对故乡的情感生活),以及一种经济学(正如在所有固化的社会,远征关乎士气又关于利益);一言以蔽之,这个社会(以及与这个社会一道的赫耳弥俄涅)享有**良心**③。父亲(墨涅拉俄斯[Ménélas④])是其中的中心形象,无休止的借口,得到诸神支持,因此,对赫耳弥俄涅不忠,就是同时抛弃父亲、过去、故乡

---

① 尤其为了摆脱安德洛玛刻:
　　我感受到你们的痛苦;但我有严肃的义务,
　　当我父亲发话,要我闭嘴的时候。
　　是他从皮鲁士那里引发了怒火。(III,4)
② 菲尼克斯(Phoenix),想想那些我避免的麻烦。(II,5)
③ 我们的战船装满了特洛伊的战利品……(II,1)
④ Ménélas,希腊神话中斯巴达国王,阿伽门农之弟,海伦之夫,两人育有一女赫耳弥俄涅。赫耳弥俄涅曾经是皮鲁士的未婚妻,后来嫁给阿伽门农之子俄瑞斯忒斯。——译注

和信仰①。这个社会将其种种权力全权授予赫耳弥俄涅,后者又把这些权力托付给她的复本:俄瑞斯忒斯。此外,赫耳弥俄涅的嫉妒是含糊的:这是一种爱情醋意,但也是法则追债②并判处背叛者死刑的敏感要求,这完全超出赫耳弥俄涅本人:皮鲁士在希腊人的打击下遇难并不是偶然——这些希腊人在最后时刻取代了那些已被爱情冲昏头脑的代表,采取报复行动。因此,在这里,爱情忠贞与对法律、社会和信仰的忠诚不可分割。赫耳弥俄涅集不同功能于一身,但这些功能都是束缚性的:恋爱中的赫耳弥俄涅不断冒充"未婚妻"、合法情人,成为庄严的投入者;对赫耳弥俄涅的拒绝不是对个人的冒犯,而是十足的亵渎圣物;赫耳弥俄涅作为希腊人,是复仇之王的女儿,是那个吞噬一切之过去的代表③;赫耳弥俄涅最终死去,但她是破坏之神、迫害者、惩罚的无限重复、无尽的族间仇杀以及过去的最终胜利。赫耳弥俄涅是杀害男性的人,杀害孩子(即她真正的对手,因为孩子代表未来)的人,她完全站在死亡一边,但这是一种积极的、占有性的和地狱般的死亡;赫耳弥俄涅来自非常古老的过去,与其说她是一个女人,还不如说她是一种力量;她的工具性复本俄瑞斯忒斯让自己成为超出自身古老天命的(可悲)玩物,俄瑞斯忒斯的爱好[即赫耳弥俄

---

① 皮鲁士的选择冒犯了等级的合法性。安德洛玛刻是外人和俘虏。(II,1)

② 神圣的陛下,去亵渎诸神吧……(IV,5)
　　我相信迟早,当你履行了你的义务,
　　你会给我带回一颗感恩的心。(IV,5)

③ 而我最终为他带来供他吞噬的心。(V,最后一幕)

涅]在他自己身后很好地反映着他自己①。

赫耳弥俄涅代表父亲,而安德洛玛刻代表情人,唯一定义安德洛玛刻的就是她对赫克托的忠诚,这是名副其实的拉辛式神话悖谬之一,任何批评都能在安德洛玛刻身上看到母亲的理想形象。安德洛玛刻常说,阿斯堤阿那克斯对她来说只是赫克托的一个(有形)意象②,甚至她对儿子的爱也是由丈夫引起的。她的冲突不是作为一个妻子和一个母亲的冲突,而是出自同一来源的两个相反秩序:赫克托既想活得像个死人,又想活得像个替代品,赫克托嘱咐安德洛玛刻既要忠于坟墓,又要拯救儿子(因为儿子就是他)。实际上,儿子和他流的是同样的血,安德洛玛刻忠诚的对象就是赫克托③。在责任的矛盾面前,安德洛玛刻听从的丝毫不是母性(如果她听从的是母性,她会有一丝犹豫吗?),而是死亡,因为矛盾来自死亡,所以,只有死亡才能解决矛盾;正因为安德洛玛刻不是母亲而是情人,悲剧才成为可能。

当然,赫耳弥俄涅和安德洛玛刻的忠诚有某种对称性。在赫耳弥俄涅背后,有希腊人极具报复心的力量;对安德洛玛刻来说,

---

① 我盲目地将自己交给带走我的命运。(I,1)
② 她说,是赫克托,总是在拥抱她;
这就是他的眼、他的嘴……(II,5)
③ 可以想象阿斯堤阿那克斯所经历的仇恨可以变成反对这个占据她全部位置的父亲:对拉辛来说,这是比《安德洛玛刻》系列(但是在《布里塔尼居斯》的一定范围内)更好的主题。对丈夫的忠诚如此具有消耗性,儿子与配偶的同化如此紧密,以至于母性具有了乱伦性质:
他把我当成父亲和配偶。(I,4)

在赫克托之外,有特洛伊。阿特柔斯后裔(les Atrides①)的希腊与埃涅阿斯同伴们(Énéades②)的伊利昂(Ilion③),它们的祖先、家族、诸神和死者都一一对应。安德洛玛刻的族间仇杀生活方式与赫耳弥俄涅的如出一辙;她不停将皮鲁士重新置于部落冲突之中,她只在无限关联连接两部分的血统中看待皮鲁士。实际上,赫耳弥俄涅与安德洛玛刻分享的是同质的合法性。差别在于,安德洛玛刻是被征服者、俘虏,她所延续的合法性比赫耳弥俄涅的合法性更加脆弱:皮鲁士攻击的是安德洛玛刻,一切合法性的敌人,也就是最脆弱的合法性。赫耳弥俄涅的过去备有强大的手段,而安德洛玛刻的过去则化约为纯粹的价值,这个过去只能通过言词确立(所以安德洛玛刻才会不断为赫克托祈祷)。特洛伊人的这种空洞合法性是以一个决定所有攻击活动的事物为象征的,这就是赫克托的坟墓;这个坟墓对于安德洛玛刻来说是避难所、安慰和希望,也是神示之所;出于一种阴森的情欲,安德洛玛刻想要住在坟墓里,和儿子一起封闭其中,一家三口活在死亡里④。安德洛玛刻的忠诚只剩下防卫的意义;也许血统的分量还在,赫克托在使特洛伊延伸;但所有的先辈都死去了,忠诚在此只

---

① Atreides,希腊神话中迈锡尼国王,阿伽门农和墨涅拉俄斯的父亲。——译注

② Énéades,据维吉尔《埃涅阿斯纪》记载,Énéades 是埃涅阿斯(Énée)根据自己名字造的名字,表示埃涅阿斯的同伴们。在希腊神话中,埃涅阿斯是安基塞斯王子与爱神阿佛洛狄忒(即罗马爱神维纳斯)的儿子。埃涅阿斯在特洛伊战争中是特洛伊王子赫克托的主将之一。——译注

③ Ilion,特洛伊的另一个名字。——译注

④ 因此,主啊,一家三口在您的关照下联合起来……(I,4)

有记忆,只有为回忆而进行的高尚献身。

安德洛玛刻的合法性是脆弱的,还有另一个原因。她面对的是真正的事实窘境,而不是判断上的二难;皮鲁士约束安德洛玛刻的抉择将她摆在现实面前;简言之,尽管她失去如此之多,她还是得担起保证他人(也就是世界)的责任。也许她也尝试避免这样做:首先,恢复坟墓的判决任务;然后,想象某种零度状态的出路(**让我把他藏在某个荒岛**);最后,选择自杀。这并不妨碍她想要孩子活下去的愿望,正因为此,她又与皮鲁士重聚。她很清楚地感觉到,拯救孩子,事实上是要以打破她所代表的合法性为代价的,所以她对此多有抗拒(持续三幕,这对于一个母亲来说已经很多了)。更甚的是,安德洛玛刻认识到这个拯救和打破所意味的一切:对时间的真正转变,取消族间仇杀法则①,郑重地建立新用法②。得失对她来说如此重要,以至于她认为只有自己的死才是恰当的解决办法。安德洛玛刻被迫代表过去,但当她抑制不住这个过去,她只有自我牺牲。赫耳弥俄涅的自杀是一个惨重的灾难,她是纯粹的贫瘠,她有意地、挑衅式地用她自己的死带走她所承担的所有合法性③。安德洛玛刻的自杀则是一种牺牲,这个自杀包含着一个胚芽中的期许,且关涉安德洛玛刻的存在本身:她

---

① 但是,瑟菲斯(Céphise),他们不再想着向我们复仇了。(IV,1)

② 在诸神面前,在皮鲁士娶安德洛玛刻的祭台上,新法的基础才得以产生。这种庄严使安德洛玛刻对皮鲁士的确信变得合情合理,这还包括皮鲁士真正要孩子实际上获救。

③ 我放弃希腊、斯巴达及其帝国,
  放弃我的整个家族……(V,3)

允许自己与赫克托的一部分（阿斯堤阿那克斯）分离，允许切断自己作为爱情捍卫者的功能，允许某种不完全的忠诚。更甚的是，安德洛玛刻的死意味着，阿斯堤阿那克斯不再完全是对她来说的赫克托而已；她第一次发现第二个阿斯堤阿那克斯的存在，后者为他自己而活着，而不是死者的纯粹映像；她的儿子最终作为一个孩子、一个许诺而存在。这个"发现"是从死亡得来的启发。因此，安德洛玛刻变成生死间的调解者：死亡产生生命；血统不仅仅是收缩性的力量，不仅仅是枯竭的载体，还是生发性的液体、生存力和子孙后代。

然而，这一整个古老合法性，这无条件予以忠诚的秩序，不管是在好斗（赫耳弥俄涅）的形式下，还是在衰弱（安德洛玛刻）的形式下，都处于危急的状态，在这样或那样的情况下受到皮鲁士的威胁。危险是崭新的，因为争议不再像在《德巴依特》里那样来自"自然"道德（伊俄卡斯忒和安提戈涅以神圣家系为名进行的斥责），而是来自一种从一开始就摆脱所有道德借口的生存意志：在皮鲁士面前，一切都关闭了，因此侵入成为他基本的存在模式。不管是在赫耳弥俄涅所代表的父亲一边，还是在安德洛玛刻所代表的对抗者一边，所有位置都被占领：如果皮鲁士想要存在，就必须有所摧毁。总的来说，伊俄卡斯忒拿来对抗部落合法性的是一种更为有限的合法性，即家族合法性。皮鲁士则走得更远：他要求一种"去做"的合法性。在这里，冲突不再是爱恨之间的冲突，而是更为激烈（确切）的"曾经所是"与"欲求所是"之间的冲突。不再是暴力与和平的争议，而是两种暴力的对峙；皮鲁士的"独断主义"就是对赫耳弥俄涅之爆发与安德洛玛刻之"良心"的公开回答①。

拉辛式神话发展将皮鲁士弃至次级地位。但如果我们从合法性的角度看待这部剧,毫无疑问皮鲁士引导着所有的力量经济②。皮鲁士是整个拉辛戏剧最放任自由(我敢说也是最惬意)的形象,其原因就是在整个这部戏中,皮鲁士是唯一一个有诚信的人物:决定断绝关系之后,皮鲁士亲自去找赫耳弥俄涅(第四幕,第五行),向赫耳弥俄涅当面说明原因,不诉诸任何借口;他并不试图证明自己是正当的,他公开接受处境所具有的暴力,既不犬儒也不挑衅。他的恰到好处来自他深刻的解放:他不会自说自话,他对符号不无确定(这与赫耳弥俄涅相反,后者在表象的问题中手足无措);在过去与未来之间,在窒息于古老合法性的舒适与为新合法性冒险之间,他自己选择,并只为自己选择。对他来说,问题是生存,在新秩序、新世纪中诞生。这种诞生只能是暴力的:在此整个社会都看着他、**意识到**他;有时他变得软弱,他看待自己的目光就与培育他之古老合法性的目光混同起来③。

但更为经常的情况是,这种目光对他来说是不可忍受的,他

---

① 两种合法性的争论不断以纯粹爱情争论的面目进行,人物不断从旋转门的一边走向另一边。但这个旋转门不是托词,爱也不是一种神秘化,而仅仅是某种可以理解这种争论的整体。

② 此外,正是在皮鲁士这里,拉辛对古代材料做了最多的修改。据我所知,是查尔斯·毛隆将皮鲁士放在这部剧的中心。我对《安德洛玛刻》的分析很多得益于毛隆,在更为一般的意义上,拉辛的合法性概念本身也是来自毛隆。(查尔斯·毛隆,《作品的无意识与拉辛的生活》,Gap,1957。)

③ 像您一样,我梦想着,对于希腊,对于我的父亲,
  对于我自己,简言之,我变得正相反。(II,4)

为了从中解脱而战斗。对皮鲁士来说，一份不可分享之爱的分量与旧秩序的控制混同起来；抛开赫耳弥俄涅，就是明确从集体强制走向一切皆有可能的个体秩序；娶安德洛玛刻，就是开始**新生活**(*vita nuova*)，所有过去的价值都一并被愉快地拒绝了：祖国、誓言、联盟、古老的仇恨、年轻时的英雄主义，这一切都为行使自由而牺牲了；人拒绝了他自身没有参与的构造①；忠诚坍塌了，突然失去了明见性；语词不再是让人恐惧的事物，赫耳弥俄涅的讥讽成为皮鲁士的真实②。

从对族间仇杀旧法则的摧毁中，皮鲁士想要得到的不仅仅是行动的新秩序③，还是对时间的新式管理，这个时间不再是基于复仇的永恒轮回。对安德洛玛刻来说，赫克托与皮鲁士相互呼应，一个是希腊女人的杀害者，另一个是特洛伊女人的杀害者。对赫耳弥俄涅来说，伊庇鲁斯(Épire)应该成为新的特洛伊④，她自己则应成为第二个海伦⑤。皮鲁士要打破的就是这种重复。这就是说，时间不该用来进行模仿，而是用来变得成熟；时间的"流逝"应

---

① 我们彼此的父亲在没有我们参与的情况下建立了这些关联……(IV, 5)
② 所有这一切来自……
   丝毫不做自身信仰之奴隶的英雄。(IV, 5)
③ 被一个目光激发，我才明白一切。(I, 4)
④ 把伊庇鲁斯变成第二个伊利昂。(II, 2)
⑤ 什么！她一个祈祷也没有，
   我的母亲就因她武装起整个希腊……
   而我……
   把自己交出，不再能为自己复仇！(V, 2)

该改变现实,转变事物的质①。由此,皮鲁士新统治的第一幕(皮鲁士通过将安德洛玛刻带到祭坛来确认决裂),就是废除过去的时间:摧毁自身的记忆就是其新生运动本身②。因此,皮鲁士的决裂是基础:他对孩子完全负起责任,他要让孩子活下去,狂热地要在自己身上建立一种新的父亲身份③;皮鲁士完全认同这个孩子④。这样,通过一个相反的运动,旧合法性的代表安德洛玛刻不断从阿斯堤阿那克斯**上升**到赫克托,皮鲁士从自己**下降**到阿斯堤阿那克斯:他用养父来对抗生父。

也许,皮鲁士的这个诞生是以某个要挟为代价的:我们在这里不是处于一个价值世界;在拉辛这里,从来没有奉献⑤。这里疯狂寻找的是幸福,而不是荣耀,是爱情占有的现实,而不是爱情的升华。但这个要挟在安德洛玛刻的抵抗本身中获得其正当性;这个要挟的目标是一个完全执迷于过去且不再是其本身的存在。

---

① 嘿,什么!您的愤怒没有得到施展?
　我们能不停仇恨吗?我们要一直惩罚吗?(I,4)
　但最后,轮番之后,我们惩罚得够多了。(I,4)
② 夫人,他什么也看不到:他的拯救和他的荣耀
　似乎随您一起走出他的记忆了。(V,2)
③ 我还给您您的儿子,我充当了他的父亲。(I,4)
　我为您的儿子奉献了父亲的友谊。(V,3)
④ 我牺牲我的时日来捍卫他的生活。(I,4)
　为了不暴露他,他自己要冒险。(IV,1)
⑤ 贝雷尼丝的奉献实际上是一种屈从。米特里达特的死不是为了将莫妮姆交给希法赫斯。亚历山大的奉献对他来说不费力气,因为他是神。但有一个拉辛的人物将牺牲进行到底,这就是《德巴依特》中的海蒙。

皮鲁士要从安德洛玛刻那里得到的,是她也完成她的决裂;为了反对过去,皮鲁士冒着此外可能带有的巨大风险,用过去作武器。第三场第五幕留给我们可以假设的不同读法是,安德洛玛刻隐约看到皮鲁士的深层意图,并且在某种程度上回应这个意图。安德洛玛刻在此向旧的合法性告别①。无论如何,即使出于考证的严格,人们不想把这场受指责的剧目考虑在内,剧本的结局还是非常明确的:安德洛玛刻明确地接了皮鲁士的班;皮鲁士死了,安德洛玛刻决定活下去并执掌政权,她不是作为最终摆脱可恨暴君的情妇,而是作为真正的孀妇,作为皮鲁士王位的合法继承人②。不是皮鲁士的死解放了安德洛玛刻,而是安德洛玛刻发起了这个死亡:安德洛玛刻已经转变,她是自由的。

---

① 您找到一条血腥之路
来在我心中悬搁特洛伊的记忆。(V,3,异本)
② 在这里一切都得服从安德洛玛刻的秩序;
他们把她当作王后,把我们当作敌人。
安德洛玛刻本人,对如此反叛的皮鲁士
履行了一个忠诚寡妇的全部职责……(V,5)

《布里塔尼居斯》

尼禄是个非此即彼的人,摆在他面前的是两条道路:让人爱或让人怕①,善或恶。尼禄整个人——他的时间(他要接受或拒绝过去?)和他的空间(他是否有一个对立于其公共生活的"个体"?)——都被窘境所控制。我们看到,悲剧的这一天在此是完全积极的:这一天将善与恶分离,这一天具有化学式经验或创世行为的庄重——阴影与光明相区分;就像颜料一下子将其所触及的对照—实体(substance-témoin)染上颜色或变暗淡,在尼禄那里,恶将确定下来。而且在这里,比方向更重要的是这种转向本身:布里塔尼居斯是某个行动而不是效果的表征。重点落在真实的**作为**上:尼禄使事情发生,布里塔尼居斯则是一个诞生。可能这是一个魔鬼的诞生,但这个魔鬼会存在下去,也许是为了活下去他才变成魔鬼。

尼禄的非此即彼是纯粹的,这也就是说,他的选项都是对称的。两个形象描绘了这种非此即彼,它们仿佛构成了尼禄的双重假设。步洛和纳西瑟斯即是对应者。历史倾向于认为塞涅卡是正直的建议者。而拉辛担心知识分子不足以抵御犬儒主义,就取

---

① 疲于让人喜爱,他想让人害怕……(I,1)

而代之以不会说话的军人;为了在尼禄的决定中占有优势,步洛必须放弃语言,扑到主人脚下,以自杀相威胁;对纳西瑟斯来说,说话就足够了;当然,为了有效,他的话应该是间接的;步洛的话是切题的,这也是为什么这些话会失败,纳西瑟斯的话则是辩证的。

因为步洛的失败是劝说的失败而不是系统的失败。步洛的解决办法并不是毫无价值的,而且尼禄听取了这个解决办法。这个解决办法本质上是世俗的:这要求尼禄取得人们的认可,要求他接受在罗马的注视下被定义和创造,要求这个注视成为使其存在的唯一力量,而这样,他就会幸福。我们知道对拉辛来说,世界并不真的是真实的;世界只是一个反思性的形式、意识中的匿名者:是公共意见(**人们会怎样说您?**);但这个形式完全是创世性的;在步洛的头脑里,这个形式足以**分娩出**尼禄,让他从童年走向成年,让他最终有能力拥有父亲身份①。按照步洛的想法,人在集体的注视下完全是可塑的;人没有任何抵抗的内核,激情只是一种幻象②。步洛要求尼禄做出的努力,是还原到透明;献祭欲望本身之所以是和平的来源,因为它反映着民众的赞许。

对纳西瑟斯来说,这同样的世界反而证明人的隐晦不明;人是欲念的封闭内核,世界只是摆在这个"独断论"面前的对象。步洛升华世界,纳西瑟斯贬低世界③,但我们看到,这总是在一个纯

---

① 啊!如果他愿意,他就是祖国之父。(I,1)

② 主啊,如果不想爱,就根本不爱。(III,1)

③ 从政治上来说,纳西瑟斯是一个"极端分子",他几乎像波吕尼克斯那样谈论民众。(IV,4)

粹对称的视角中,他们总是以世界与尼禄间的人为距离为代价,给尼禄以生活的指望。总之,没有什么能够区分二者,甚至是尼禄的处境也不能。尼禄是皇帝,他拥有至高无上的权力;但就像在拉辛那里,权力一直是悲剧本身的推动者,尼禄的这个状况只是让非此即彼变得更为纯正:专制能够让人饱足,但专制也是唯一能够让奉献成为可能的事物;将恐惧与爱对立起来的对称是严格的。因此,尼禄被置于某种无尽的转盘前;再现给他的两个系统都没有明显的价值,因为它们只是颠倒的符号:世人的赞许(驾驶战车、上演戏剧、撰写诗歌)可以在瞬间变得臭名昭著。应该依据什么线索选择呢?世人被这样或那样的系统隔离,并不能做出回答:解决办法变得模糊,尼禄又回到自己的问题上。

　　这个问题还是新生的问题,或者如果我们愿意,它也可以是过渡和接纳的问题:尼禄想成为人,但又不能,所以他痛苦。这个痛苦,依照拉辛的原则,如果不是身体的痛苦,也至少是一种体感的痛苦,这是关联的痛苦。与其说有一个尼禄式的存在者,不如说有一个尼禄式的处境,即一具瘫痪的身体绝望地朝自主活动能力强作努力。正如皮鲁士一样,本质上紧紧抓住①尼禄不放的就是过去,即童年和父母,未能给他父亲品质的母亲②所要的婚姻本身,简言之,就是道德。但拉辛悲剧从来都不是对某个道德观念

―――――――

　　① 怎能不去品味像阿格里皮娜(Agrippine)与紧紧抓住(agrippement)象征、纳西瑟斯(Narcisse)与自恋(narcissisme)象征的人名巧合?
　　② 　我的爱已经开始担忧,想象着她
　　　　她把屋大维带给我,并且,带着发亮的眼睛
　　　　见证戴有她所编装饰花结的正直圣人。(Ⅱ,2)

的直接指责,悲剧世界是一个实体的世界;尼禄并不面对概念,甚至不面对人物,他面对的是种种形式,种种他试图以其他形式进行对抗的形式;由于尼禄的母亲迫使他向她交代他的种种秘密,尼禄就试图制造新的、独自一人的秘密,母亲在那里是被排除在外的;这就是阿格里皮娜试图闯入的非凡之门的含义①,也是尼禄要求收回之蛰伏的含义,就好像这首先关涉的就是打破母子间的生物联合。尼禄想要赢取的,是一个自主空间;对尼禄来说,王位是一个在生死攸关的维度上需要占据的空间②。恰恰是在这个物质形式下,尼禄的从属性酷似某个极为古老的异化主题,即反射(或复本)的主题:尼禄只不过是一面镜子,他在反射(例如,他将从母亲那里获得的权力反诸母亲③)。囚禁尼禄的光学系统是完美的,他的母亲可以保持隐藏(在幕布之后④),而有时第二个镜面会来干扰这个装置:步洛和阿格里皮娜争抢反射⑤。然而,我们知道复本的主题是神奇的,人物被**窃取**;阿格里皮娜与尼禄的关

---

① 恺撒的母亲必须……
既没有随从也没有护卫,在宫殿里游荡,
独自在她门前老去?(I,1)
② 他使我远离我曾安坐的王位。(I,1)
③ 罗马授予他的一些新头衔
如果不能给予他的母亲,尼禄一个也不接受。(I,1)
不,不,不再是依然年轻的尼禄,
派来幕臣祝福的时代……(I,1)
④ 垂帘听政,既在场又不可见……(I,1)
⑤ 难道我因此让您如此高升
是为了在我的儿子和我之间设置藩篱?(I,2)

系实际上是着迷的关系:是母亲的身体本身使儿子神魂颠倒,使之瘫痪,使之成为顺从的对象,就像在催眠中服从于注视的**魔力**①。在拉辛这里,我们再次看到自然观念是多么含糊。阿格里皮娜是**自然意义上的**母亲,但自然只是让人窒息:阿格里皮娜**让人厌烦**②。由此,在《亚她利雅》中以公开渎神的方式展开的拉辛式反自然就变得明确起来。

所以,尼禄从一开始就是一个未分化的机体。对他来说问题就在于脱离:必须将皇帝的身份从儿子的身份中分离出来③。根据拉辛的机制,这个分离只能是一种摇动,它在十分纯粹的生命方向上猛冲;一种扩张的天然情感,我称之为独断主义(拒绝继承),拉辛则称之为**不耐烦的**,它是一种绝对的拒绝,通过某个机体与过度遏制它的事物相对立。身体瘫痪与道德义务在同一处

---

① 远离他的视线,我支配,我威胁……
但是……
就在我的不幸将我带到他视野里,
……
我惊愕的精灵就在他的精灵面前颤抖。(II,2)

② ……我团团围攻尼禄。(III,5)

在剧目开头,阿格里皮娜已经围攻尼禄的大门。当她诅咒尼禄的时候,她提前将某种破坏力的作用归于自己:

这从我这里得来的罗马、天空和日子,
处处、时时将我呈现给你。
你的内疚如同狂暴一样如影随形……(V,6)

③ 他想通过这个冒犯……
……让整个世界不无恐惧地认识到
不要再把我的儿子与皇帝混淆起来。(I,2)

被卸除。关联的升华形式是感激,尼禄则尤为忘恩负义,他确定自己不欠母亲任何东西;与那些把出生的责任孤立地归咎于父母的年轻人一样,尼禄将阿格里皮娜的种种赠予看成是纯粹的利益①。尼禄的非道德主义完全是青少年式的:他拒绝在其生存欲望与世界之间有任何中介;对他来说,欲望是一种不容置疑的**此在**(être-là),所有人都必须立刻认识到这一点②。这种欲望及其实现之间的爆发是由一个粗暴的动作指明的:召唤侍卫(来逮捕和押送)③;我们知道,这种行为一直都是一种走出语言从而走出悲剧的方式。尼禄很少说话,他醉心于行动④。

　　这个依据历史来看极具戏剧性的人物,在舞台上却是极端的实用主义者;他剥去行动上的一切装饰,将它们包裹在光滑的表象中,以去除质料的方式纯化效果。这正是尼禄式爱抚的含义:尼禄是个错综复杂之人⑤,因为只有在死亡既成事实的时候,这错综复杂才会暴露死亡。这个"光滑"有一个阴森的替代物:毒药。血是高贵和戏剧性的质料,铁器是浮夸性死亡(mort rhétorique)

---

① (IV,2)

② 　最终我必须去爱。(III,1)

　　永别了。远离朱妮,我太痛苦了。(III,1)

③ 相反,阿格里皮娜是一个忧于语言的人。她的语言是她让儿子窒息的一种实体,也是尼禄不可避免地用逃跑、沉默和省略的行为予以对抗的实体。

④ 尼禄在著名的第六场第二幕中偷偷监视朱妮,这是一个行动,一个完全具有行动一词之意义的行动,这在悲剧中是非常罕见的。

⑤ 　在我们分别之时,他无法放开臂膀离开我。(V,3)

的工具①；但尼禄要的是纯粹和简单地抹除布里塔尼居斯，而不是耸人听闻的挫败。毒药像尼禄式爱抚般渗入，只见效果，不见手段。在此意义上，爱抚和毒药是即时性秩序的组成部分，在这种秩序中，从计划到犯罪的距离被完全削减；此外，尼禄的毒药还是速效药，其好处不在于延迟，而在于不加修饰，拒绝血淋淋的剧场。

这就是尼禄的问题所在。为了解决这个问题，尼禄最终是沉醉于自恋系统（以引起恐怖的方式为世人所承认）。但只有对尼禄在整个剧本中的解决办法进行概括，才会得出这样的结论；而尼禄的解决办法，其实是朱妮。只有他自己才能对朱妮负责。面对所有来自他人并让他窒息的事物，权力、美德、建议、道德、配偶甚至犯罪，尼禄身上只有一样事物是他自己创造出来的，那就是他的爱。我们知道尼禄是如何发现朱妮的，我们知道这个爱诞生于尼禄之存在本身的特性，诞生于让尼禄寻求荫蔽和眼泪之机体的独特化学反应。尼禄在朱妮那里所欲求的，是一种互补性，是不同而又有所选择之身体的平和，是夜的安息；一言以蔽之，如空气之于溺水者，这个被窒息者所疯狂寻求的是**喘息**②。在这里，依据最古老的诺斯替教传统（由浪漫主义再度复兴），女人是平和的调停者、和解的途径与自然的倡导者（反对虚假的母性自然）；或

---

① 血淋淋的伤口显然与下毒相对：
——什么！对他兄弟的血，他一点也不害怕？
——这个计划进行得更为神秘。（V,5）

② 是的，……
在您跟前，我有时不能呼吸。（III,1）

者是青春期行为,或者是直觉,尼禄在其对朱妮的爱中看到了一种难以形容的经验,任何世俗描述(尤其是步洛给出的描述)都无法尽言①。

朱妮的本质角色就是聊以慰藉的童贞女,因为布里塔尼居斯在她身上的确发现了尼禄所寻求的东西:她既是哭泣者也是赚取眼泪的人,她是包围人和让人放松的湖海,她是尼禄之太阳下的荫蔽。能够与朱妮一起哭泣,这是尼禄的梦想,而这是由尼禄的双重幸福之所在布里塔尼居斯实现的。他们之间有着完美的对称:一场力量考验将他们与同样的父亲、同样的王位、同一个女人联系起来,他们实际上是兄弟②,依照拉辛的常情(nature),即是说他们彼此是如胶似漆的敌人;将他们联结起来的是一种富有魔力(根据历史则是情欲③)的关系:尼禄让布里塔尼居斯着迷④,就像阿格里皮娜让尼禄着迷。从同一点出发,他们只不过是在相反的处境下重现同样的事情:一个剥夺另一个,以至于一个拥有一切,另一个则一无所有。但他们位置的对称性正是在这里连接起来:尼禄拥有一切,然而他并不存在;布里塔尼居斯一无所有,然而他存在。存在拒绝一个人,同时填满另一个人。**拥有**(*Avoir*)不能契合**存在**(*Être*),因为在这里,正如步洛和纳西瑟斯想要劝说尼

---

① 但是,相信我,爱是另一种科学。(III,1)

通常,法则与颠覆之间的冲突是通过代际冲突表达的。

② ……布里塔尼居斯,我的兄弟。(II,2)

③ "这个时代的许多作家都谈到,下毒前的几日,尼禄经常奸污年轻的布里塔尼居斯。"(塔西佗,《编年史[*Annales*]》,XIII,17)

④ 他预见到我的种种意图,他理解我的各种话语。(I,4)

禄的那样,存在(l'Être)不来自世界,而是来自朱妮。正是朱妮使布里塔尼居斯存在,将尼禄推向破坏性过去与犯罪性未来的困窘中。在尼禄和布里塔尼居斯之间,朱妮是绝对主宰,而且是绝对优雅的主宰①。朱妮按照命运固有的样子,将布里塔尼居斯的不幸**翻转**为优雅,将尼禄的权力**翻转**为无力,把拥有变得虚无,把匮乏变成存在。通过其目光本身的任性——出于与神圣**女神**(numen)同样无理据的选择,爱慕一方,离开另一方——这位聊以慰藉的童贞女变成复仇之女,预期的丰产变成永恒的贫瘠;刚刚开始,尼禄就遭遇了最可怕的挫折:尽管他的欲望对象并没有消失,但他的欲望却被堵死;他需要的女人尽管没有死,但却形同死人②。尼禄的绝望不是一个男人失去情妇的绝望,而是一个人从未诞生却被迫老去。

---

① 如果我们暂时忘记拉辛的自欺,即**认为**尼禄是魔鬼、布里塔尼居斯是天生的受害者,那么,朱妮的评判不无奇怪地表明了萧伯纳的《康蒂妲(Candida)》:在可靠的牧师丈夫与脆弱的诗人情人之间,康蒂妲被勒令去找**最弱者**:她自然去找她的丈夫。在这里,最弱者显然是尼禄。朱妮选择了布里塔尼居斯,因为命运是邪恶的。

② 夫人,她没死,但对他来说她已经死了。(V,8)

《贝雷尼丝》

贝雷尼丝欲求提图斯,而提图斯只是出于习惯才与贝雷尼丝发生关系①。相反,贝雷尼丝与提图斯发生关系则是出于一个意象,在拉辛这里,即是出于情欲;这个意象自然而然是夜间的②,贝雷尼丝每次思念其所爱之时,都会悠然忆起这个意象;对贝雷尼丝来说,提图斯像被黑暗包围的一道光芒、像温暖的光辉那样让人满足。提图斯这种"黑暗中之光芒"的形象,得自他在父亲遭受火刑时,民众和元老院对他的敬意,但这个形象的核心已被拉辛特有的程式重置,提图斯在情欲意象中揭示的是其身体的本质,是温柔的光芒:他是彻底的原则,是**空气**,既是光明又是包围。如果不再呼吸这空气,就是死路一条。这就是为什么贝雷尼丝甚至会建议只是与提图斯单纯的同居(提图斯拒绝了这一建议③),这

---

① 我们只能通过提图斯对贝雷尼丝"玉手"的影射了解提图斯的情欲。
② 菲尼斯,今晚你可发现光彩?(I,5)
③ 啊!主,如果这是真的,为什么要分开我们?
我绝不是在跟您说幸福的许门(hyménée)……(IV,5)
(在希腊神话中,许门[Hymen 或 Hymenaeus]是婚礼之神,负责婚礼事务。他是酒神和爱与美神的儿子,其形象通常是一个年轻男子,身披鲜花制成的衣服,手持象征爱情的火炬。他主持了神灵的所有婚礼。——译注)

也是为什么当这个意象丧失养料,就只能在稀薄的空气中——与提图斯的空气不同——日趋衰亡,它是东方的逐渐空洞。

因此,这里的情欲力量属于贝雷尼丝,而且仅仅属于贝雷尼丝。不过,与拉辛悲剧的惯常计划相反,这个力量并没有夹杂着政治权力:这两种力量是分离的,正因此这部悲剧以模糊的方式告终,就好像这部悲剧已经精疲力竭,失去了这种通常在同一个人物身上由这两种力量的过度凝聚而产生的悲剧火花。如果贝雷尼丝是有力的,她会杀了提图斯;如果提图斯坠入爱河,他会娶了贝雷尼丝;他们二人的幸存就像一个故障,是悲剧经验失败的符号。这不是说这两个分离的形象没有为达到悲剧状态而做出努力。提图斯尽一切可能去坠入爱河,贝雷尼丝为了操纵提图斯奋力斗争,二人轮番使用悲剧英雄的惯常武器,以死相逼。如果为做了结,提图斯使自己的解决办法得到承认,那也是以不光彩的方式获得的;如果贝雷尼丝接受了这一解决办法,则是以幻象,即自以为被爱的幻象为代价①。

从而我们可以理解古时"**既不顾他也不顾她**(*invitus invitam*)"的对称在这里是如何具有欺骗性,提图斯和贝雷尼丝各自的处境毫无对等性。贝雷尼丝完全为情欲所控,而对于提图斯来说,核心问题仍然是合法性问题:如何废除法律、掀翻压制?我们知道,拉辛对忠诚心醉神迷。在拉辛所有悲剧中都有所证实的这种撕

---

① 这一天,我承认,我惊惶不安:
我以为您的爱结束了。
我有错,而您一直爱我。(V,7)
说实话,她对此只知其一不知其二。

裂,在《贝雷尼丝》中找到了它最为清晰的表达——不忠的提图斯却有一个忠诚的复本:安条克。安条克是提图斯的反射,因为提图斯是光芒的来源①,这种关系就更加自然了。安条克对贝雷尼丝的忠诚是忠诚的实质,安条克甚至将这种忠诚与其自身存在混同起来②;永恒——即一举就将过去与未来接合起来,无条件——安条克的忠诚毫无希望③,这种忠诚有一个合法的根基:安条克是贝雷尼丝的初恋④,他是从贝雷尼丝的兄长那里接过这个年轻女孩的手,他与贝雷尼丝的关系具有某种形式的庄严保障,这种关系的确有某种合法性(不忠者则以名副其实的诱拐而让自己无缘无故地被爱⑤)。因此,就像是同一机制的双重假定,提图斯与安条克的分离由一个微妙的任务分工决定:提图斯负责不忠,安条克负责忠诚。而且忠诚自然而然地又一次丧失了威信:安条克是一个屈弱、受辱和挫败的复本,他明确遭受丧失同一性的痛苦⑥——这就是忠诚的代价。然而,这种讽刺性的忠诚对提图斯

---

① 当情人提图斯,成为她的丈夫,
　为她准备的光芒也会四射到您身上。(I,3)
② 嘿,好吧! 安德洛玛刻,你一直保持未变吗?
　我能够毫不颤抖地对她说:我爱您?(I,2)
③ 我离开,即使毫无希望,也保持忠诚。(I,2)
④ ……您记得我的心在这些地方
　被你的种种愿望第一次打动。(I,4)
⑤ 我爱他,他喜欢我。(II,2)
⑥ 然而,没有希望,仇恨,厌倦活着,
　他不幸的情敌似乎只能紧跟其后。(I,4)
　千百次我感觉极度甜蜜

来说却是必要的。这个忠诚总的来说就是提图斯的苦恼,这也表明提图斯与这种忠诚保持着一种令人困惑的亲近:提图斯不仅将安条克紧紧地吸纳到自己的窘境中,不停地让安条克看到他对贝雷尼丝的爱——必须让对手**见证**①,这与其说是出于施虐心理,不如说是出于联合的需要②;提图斯还不停地通过这种(拉辛所熟悉的③)从情人到对手的代理,让安条克做自己的代言人④(我们知道在拉辛戏剧中,人声多具有性征,尤其在作为失语症悲剧的《贝雷尼丝》中⑤)。当然,提图斯正是在每次不忠的时候需要委托忠诚的安条克;可以说安条克在这里是用来规定提图斯之不忠的,是用来为之驱邪的。提图斯要摆脱自己身上压抑自己的忠诚,通过安条克,他希望逃避本质冲突,实现不可能之事:无过错地既忠诚又不忠。安条克是提图斯的良知——也即是他的自欺。

     因为我让提图斯保持在另一个他自身之中。(I,4)
     对于如此之爱的果实,我有悲哀的用法
     接住那些并不是为我而流的泪水。(III,2)
① 而当这位王后,胜券在握,
   等待着您来见证这卓越的节日。(I,3)
   我只期待您来见证我的喜悦。(I,4)
   请您做我和她的泪水唯一的证人。(III,1)
② 您对我们只有一颗心、一个灵魂。(III,1)
③ 罗克桑娜把自己托付给阿塔利德,皮鲁士把赫耳弥俄涅托付给俄瑞斯忒斯(恰巧是赫耳弥俄涅所爱),米特里达特把莫妮姆托付给希法赫斯。
④ 我只想借您的声音。(III,1)
⑤ 从第一个词开始,我就语塞……(II,2)
   让我们走吧,保兰(Paulin):我对他已无语。(II,4)
   哎!我能对他说什么呢?(IV,7)

因为,提图斯并不真的在罗马和贝雷尼丝间选择。二难选择不在于两个对象,而在于两个时刻:一方面,是过去,是延长了的童年之过去,在这个过去中,对父亲和对情人—母亲的双重从属被体验为安全感①(贝雷尼丝难道不是将提图斯从荒淫中拯救出来了吗? 她对提图斯来说难道不就是**一切**吗?);另一方面,自从父亲之死(也许是被儿子所杀②),就有一个需要负责的未来,在这个未来中,过去的两个形象(父亲和女人——后者比"孩子—情人"作为其受恩人更有威胁)在同一运动中被摧毁了。因为夺走维斯帕先(Vespasien③)和贝雷尼丝的是同一个谋杀④。维斯帕先死了,贝雷尼丝则遭到判决。悲剧正是将两个谋杀分开的这个间隔。

然而,(提图斯的深度精明正在于此),第一个谋杀被用作第二个谋杀不在场的证据:正是以父之名,以罗马之名,简言之,以神话的合法性为名,提图斯要判决贝雷尼丝;提图斯假装出于对过去的某种普遍忠诚所需,而让他对贝雷尼丝的不忠成为正当;第一个谋杀从而成为僵死的生命、高贵的借口和剧场⑤。罗马及其小心翼翼维护血统纯正的法律是为获准抛弃贝雷尼丝而选定的法庭(instance)。可是,提图斯甚至无法给这个法庭一个英雄主义的表象;提图斯盘算的是恐惧,而不是责任:对提图斯来说,罗

---

① 我爱着,我在深深的平和中爱慕着……(II,2)
② 我甚至希求我父亲的位置。(II,2)
③ Vespasien,罗马帝国第九位皇帝,费拉维王朝第一位皇帝,提图斯的父亲。——译注
④ 但上天几乎没有提醒我父亲……(II,2)
⑤ 我企图一个更为高贵的剧场……(II,2)

马只不过是一个让他感到恐怖的公众意见；他总是惊惶不安地提及这样一个匿名之问："当人们说起罗马，这是要说什么？"①朝臣本身也是为能够真正威胁提图斯而设置的一个极为明确的专人(personnalité)；提图斯从同样普遍之可能的某种"**人们**"中提取他的恐惧——从而也提取了他的正当性。实际上，罗马是一个纯粹的幻象。罗马是沉默的②，提图斯自己让罗马进行言说、威胁和强迫；幻象是断裂程式中极佳的**角色**，所以，就像歇斯底里症患者会一时忘记自己的胳膊已经麻痹一样，提图斯有时也会停止害怕；罗马一旦消失，提图斯就不再知道自己还能玩什么。

因此，《贝雷尼丝》不是一部关于牺牲的悲剧，而是一部提图斯不敢承担的休妻史。提图斯被撕裂了，但不是在责任与爱之间被撕裂，而是在计划与行动之间被撕裂。此即这著名的**虚无**：将意图与借口相分离的这个距离，微薄但又被费力地走完，戏剧性地找到并体验了借口（提图斯会继续直到模仿她的死亡③），意图可以实现，贝雷尼丝被打发了，忠诚得以清偿，甚至毫无内疚的风险——贝雷尼丝不会是她所梦想的破坏力④。贝雷尼丝**被说服**

---

① 而这些名字、尊重和掌声
对提图斯来说，变成相应的约束……(V,2)
② 一切都沉默了：只有我，急于让自己发慌，
我推进了我本可以退避的不幸。(IV,4)
当罗马沉默时……(IV,5)
③ 此刻，我自己是否知道我还在呼吸？(IV,7)
④ ……此刻我只有痛苦，而我的善良已成为过去，
在此宫殿，我甚至想自刎，
我将留给您的是如此之多的敌人

了:这个在拉辛悲剧中完全不恰当的结局伴随着另一个独特性——冲突中的形象无须死去就能相互分离,无须诉诸灾难就可以使异化停止。这可能就是贝雷尼丝式东方的含义:**躲开**悲剧。在这样一个东方,聚集着服从最反悲剧力量之生命的所有意象。这个最反悲剧的力量就是:持久(孤独、厌倦、叹息、漂泊、流放、永生、奴役或没有欢乐的统治)。在这些意象中,有两个意象是支配性的(就像悲剧危机的可笑雕塑):沉默和绵延。这两个新价值由东方人自己(安条克和贝雷尼丝)承担起来了。安条克是沉默之人,在同一件事中,既要被迫沉默又要被迫忠诚,在与贝雷尼丝说话之前他已经保持缄默五年;他把自己的死只当作是一种了无声息①,其最终不幸就是回到彻底的沉默。至于贝雷尼丝,她知道穿越悲剧的时间是一种无止境的无意义,海的多元性只不过是其空间性的替代物②:将生命交给绵延,就不再是景观了。总之,这就是贝雷尼丝式的东方:戏剧本身之死。在奥斯提(Ostie)抛锚的大船上,提图斯与安条克一起,把整个悲剧丢到东方的乌有之中了。

  而我毫不后悔坚持,
  将我的所有复仇托付于他们。(IV,5)
① 贝雷尼丝曾夺走我所有希望;
  她甚至强加于我永恒的沉默。
  我被杀已五年……(I,2)
② 在这一个月里,在这一年里,我们要如何饱受煎熬,
  主啊,如此多的海将我与您分离?(IV,5)

《巴雅泽》

《巴雅泽》构成了对悲剧场所之本性的尖锐探索。我们知道,从定义上来说,这个场所是封闭的。然而,在《巴雅泽》之前,拉辛的悲剧场所还都保持着封闭的状态:一般来说都是宫殿的一个房间,而构成秘密和威胁性整体的是四周的宫殿(尤其是在《布里塔尼居斯》中,悲剧本身已经是一个迷宫了)。在《巴雅泽》中,场所是出于用途才封闭的,就好像整个传奇只不过是某个空间的形式:这就是宫廷(Sérail)①。此外,宫廷在那个时代看来就是剧本吸引人好奇心的主要部分;可以说公众在这个设立中预感到某种主题的特征,人类想象中最重要的题材之一:凹形(concavité)。

然而,这个封闭的场所并不自给自足,它依赖某种外部。整个《巴雅泽》就是建立在这种在某种程度上具有器质性的模糊性之上。在宫廷里,两种恐怖变得混淆不清:盲目与顺服。罗克桑娜是第一个表达出这种宫廷模糊性的人,她掌握着绝

---

① 拉辛不区分宫殿(Sérail,或苏丹的宫殿)与后宫(harem,或女人的寝宫)。

对的权力①——我们知道，没有这种绝对权力，拉辛悲剧也不复存在——，然而，她也只有在苏丹的委派下才拥有这个权力：罗克桑娜本身既是这种至高无上权力的主体，又是其客体。宫廷有点像斗牛场，罗克桑娜就是斗牛士：她必须杀戮，但有个不可见的审判者在周围注视着她，杀戮必须在这种注视下进行。就像在斗牛场，公牛被堵死，然而人也冒着风险；在宫廷里，玩儿的也是一种即兴却又致命的游戏。在这两种情况下，圈子的封闭性和开放性既是准则又是契约(actes)：宫廷是一个仪式性和致死的场所。

正因为阿穆拉特的注视是不可见的，所以宫廷是一个令人恐慌的环境；这个世界到处都不明朗，但人们又能意识到要服从于一个对其实行恐怖统治的外部确定性。宫廷从来不知道阿穆拉特在哪里，因为外部时间与悲剧时间不在一个速率上，这使得围绕这个世界的种种距离是不真实的②：谁能证明秩序在始初与终了时刻之间不会发生改变？宫廷就像这个世界：权力随心所欲地改变符号，人在世界中就得在这个权力的注视下，与这些符号的不确定性斗争。阿塔利德、罗克桑娜、巴雅泽和阿科玛是盲目者，

---

① 您想象着……
我在您的生活中有至高无上的帝国，
我爱您几分您宽慰几分？(II,1)
回到我使您走出的虚空。(II,1)
宫殿情妇，你生活的主宰……(V,4)

② 但如您所知，尽管我迅速敏捷，
一条长路分隔着营地和拜占庭；
……
我可全然忽略。(I,1)

他们万分焦虑地在他人那里寻求清晰的符号。然而，这些受害者也是刽子手：他们在将要杀戮他们之人的注视下杀戮。

宫廷的第一个矛盾是性的矛盾，这是一个女性或太监的栖所，是一个去性别的场所，充满了一大群无差别之人①，这个场所像水一样既变通又满满当当②。在其中往来最自如的是阿科玛：在拉辛那里，阿科玛并不明确是太监（在塞格雷[Segrais]的新编里阿科玛则是太监），但他具有无性欲的品质，他将老年呈现为不参与性的状态③。同时，这个被阉割之地却活跃着强烈的情欲压力：首先，是阿科玛施与的压力，这种压力不可见的目光不断穿透着抑制在宫廷中的疯狂人群；其次，则是罗克桑娜和阿塔利德的压力。而在这积极之性（特别授予女人）的内部，暧昧延续着，并混淆着角色：性的力量彼此传递着，从阿穆拉特到罗克桑娜（苏丹的真正替代品），从罗克桑娜到阿塔利德，受托在巴雅泽身边代表宠姬之声④——我们知道，在拉辛这里，言说都具有性的色彩。

---

① 这众多头领、奴隶、哑巴，
　　宫殿在墙内关着的人群。（II, 1）
② ……平静的幸福把我们交给港口。（III, 2）
③ ……难道你要我在这个年龄，
　　把爱变成劣等见习？（I, 1）
　　你想说什么？难道你自己是如此幼稚
　　把我疑作可笑的怒汉？（IV, 7）
④ ……罗克桑娜……
　　巴雅泽从心里信赖我，
　　……
　　用我的眼看他，用我的嘴对他说。（I, 4）

当然，这种性模糊在巴雅泽那里达到巅峰：巴雅泽就是一个（从男到女）性别未决、倒置和转化了的人。当时的批评曾指出这是该人物的**乏味**，如今，我们试图重新将这个角色男性化①；但巴雅泽的**乏味**并不是性格缺陷（讨论巴雅泽**是**这般或那般并无意义），这种乏味是由巴雅泽的处境所决定的：是宫廷将他转化至此。首先，如果可以的话，甚至可以说是身体上的转化：巴雅泽是一个被幽禁②在女性世界（他是其中唯一的男人）中的男性；他是一只大胡蜂，可以说罗克桑娜喂养他、养肥他，就是为了他的生殖能力本身；就像我们为了鹅肝的美味而让鹅大吃特吃一样，为了女苏丹的愉悦，巴雅泽被封闭在黑暗之中③以便储存、成熟（这会走向他的死亡），就像人们控制性欲高潮一样④；巴雅泽本来性征极强⑤，但我们感到他被具有男子气概的罗克桑娜慢慢地去性别化了。但其性别模糊尤其与他是卖淫的男性有关：巴雅泽长得好看，他委身于罗克桑娜为了获得好处，他公开地将他的美貌作为一种用以交换的价值⑥。

---

① A. Adam，《17 世纪法国文学史》，第四卷，前引，第 345 页。
② 这样一来，在一个阿穆拉特无能为力的时期
　　受限的巴雅泽被扔在宫里。（I,1）
③ 我同情巴雅泽，我赞扬他的魅力
　　被嫉妒的关照留在黑暗中……（I,1）
④ 如果复仇心切就会失去复仇之心。（IV,6）
⑤ 因为最终巴雅泽总是蔑视
　　苏丹孩子们懒洋洋的游手好闲。（I,1）
⑥ 巴雅泽讨人喜欢；他活在永福中……
　　依存于取悦她，很快就能取悦她。（I,1）

正是这种完全寄生的状态①将巴雅泽去性别化:我们知道在拉辛这里,性"角色"本质上是由权威关系决定的,除了权力与屈从的情欲布局(constellation),再无其他。

从巴雅泽到罗克桑娜的角色倒置与两种拉辛式情欲的对立契合,这两种拉辛式情欲可以称作:习惯性情欲与事件性情欲。巴雅泽屈从于前者,他对阿塔利德的衷情是随着共同的童年时光慢慢养成的②,这是一种对同一性的衷情(阿塔利德与巴雅泽同一血统③);这是一种姐妹情欲,这种情欲本质上是忠诚、平等,但同时也是无力生育、无力成为男人。相反,罗克桑娜与皮鲁士和尼禄一样,她的特征是具有断裂的力量;她平民式的——即与悲剧血统无关的——功能就是推翻合法性;对罗克桑娜来说,婚姻不仅是身体的占有,它还是新联盟的创立,是对过去法则的颠覆④。因此,罗克桑娜对巴雅泽的欲望,就是拒绝作为一种价值的时间,是对事件的确认;这种欲望属于拉辛的第二种情欲,喜爱之情毫无理由、绝无厚度地闯入,就像一个抽象的行为(这就是无数简单

---

① 我的整个生命都属于您;您的福祉就是我的生命。(Ⅱ,1)
② 自我们更年轻的岁月,你也有相当记忆,
　爱是血亲之结的开始。(Ⅰ,4)
　什么!这爱如此温情,诞生于童年……(Ⅱ,5)
　已经被成于童年的爱充满……(Ⅴ,4)
③ 阿塔利德是阿穆拉特父亲的侄女。(Ⅰ,1)
④ 我知道在苏丹那里用法与我相反……(Ⅰ,3)
　不管我的爱怎样,如果这一天,
　他不依正当的许门让我与她结合;
　如果他胆敢提出卑鄙的法律……(Ⅰ,3)

过去时如是表达的：她喜欢过他，我跟她来往过，我爱过她，等等）。

不过，罗克桑娜与独断主义英雄一样，在拉辛悲剧最为令人窒息的环境中挣扎；罗克桑娜所延伸的那些角色，皮鲁士、尼禄或提图斯，总是能够在紧逼他们的身体力量背后安放某种概念；罗克桑娜则与缺席斗争，圈套第一次以开放空间的秩序呈现出来。强加给罗克桑娜的宫廷同时是身份、监狱和迷宫（即符号的晦暗）①：她一直不知道巴雅泽是**谁**，当她知道的时候，模糊性终止，同时她的不幸也产生并得到缓解②（但这也是悲剧的结束）。宫廷这个圈套抓住她欲望的产生，迅速压抑了一个原初但又事件性的情欲；这造成了某种撩拨，某种见不着的邻接：正由于始终见不到巴雅泽，罗克桑娜才欲求他；而巴雅泽则是借阿科玛之口（又是一种委托）来诱惑罗克桑娜③。宫廷转移、篡改了拉辛式情欲的本质所在——视觉；但同时，宫廷又加剧了这种本质：罗克桑娜欲求一个俘虏（拉辛式布局 [constellation] 的永恒企图），正因为她自己

---

① 在宫廷中长大，我知道其中的迂回。（IV, 7）
② 啊！我最终得以喘息，我喜悦至极
  变节者终于背叛了他自己。
  ……
  我平静的盛怒只有去复仇。（IV, 5）
③ 我同情巴雅泽，我赞扬他的魅力，
  这些魅力……
  与他的眼睛如此邻近，却不相识
  最终我要对你说什么呢？发狂的女苏丹
  除了她的打算，没有别的欲望。（I, 1）

也是俘虏,她就更渴望这个俘虏。一言以蔽之,宫廷因为具有监禁和邻接的双重功能,不断表达出定义了拉辛式折磨的矛盾运动:抛弃和重获、激怒和挫败——这正是拉辛具有"东方性"的一面:宫廷完全是让人压抑的抚爱、致死的拥抱。我们在《布里塔尼居斯》中看到,这种抚爱的致死性实体是毒药;在《巴雅泽》中,就是勒死;也许因为尼禄的主题是燃烧性的,他的武器就合乎逻辑地应该是冰冻;阿穆拉特(或代表阿穆拉特的罗克桑娜)的主题是呼吸性的(有收有放),他的武器就是系带。

  宫廷因其始终模糊和迂回的结构,就像一个被俘虏和进行俘虏、被激发和进行激发、被窒息和进行窒息的场所,它是拉辛世界的空间本身。尽管这是一个不幸的空间,拉辛世界的布局却无论如何是一种平衡:因为居住在这个世界中的人承受的是对立力量的推动,他们都还是站得住脚的——至少,在悲剧时间里,在这个既永恒又不存在的时间里。恐惧支撑恐惧①,抚摸支撑窒息,监狱支撑欲望。这样,走出宫廷,就是走出生活,至少就是接受没有悲剧地活着:这就是无男子气概的阿科玛所为,他代表的是辩证的出路②;阿科玛是船夫③,我们知道船具有反悲剧的功能。但只有作为悲剧的局外人,阿科玛才能逃出宫廷走向生活,对他来说,海就是自由的载体。对其他人来说,通向魔鬼的道路是不能回头

---

① 正如他对他们的恐惧从未间断,他们也一直害怕他。(I,1)
② 最神圣的法,啊!就是拯救您。(II,3)
③ 在港口已备好的船上……(III,11)
  大海濒临墙角,
  冲洗我已完全备好的船只……(V,2)

的,被宫廷吞下去的东西是不会被归还的:当大海之门敞开之时,那只是为了收获死亡①。

---

① 尽管海路曾经封锁,
　　卫兵屈膝开路绝不延迟
　　只要有求于您的苏丹一声令下。(Ⅲ,8)

《米特里达特》

《米特里达特》的悲剧是在两个死亡——同一个人的真死和假死——之间上演的①。或者，如果我们愿意的话，也可以说《米特里达特》是某个死亡缺席并复始的故事，这就有点像人们重新开始电影中一个拍得不好的场景；第一次，悲剧搞错了目标，它把握的是**真正**的米特里达特；第二次，黑纱到位了，米特里达特可以死了：这才是恰当的版本。

米特里达特第一次死亡打开的是一个无政府时期，国王活着时候的暴政施加了一个可以掩藏罪恶的秩序；国王一死，罪恶昭彰（就像在《费德尔》中一样），言论自由，腐败抬头，诸事真相毕露：兄弟俩是政治和情场上的敌人和对手，二人都对父亲的死负有责任：就好像杀死父亲的是他们两人；二人毫无分别，同样有罪，就如法尔纳斯向希法赫斯提出的沉默（从而也是同谋）协定所表明的那样。从这个同等的、一般化的颠覆（《米特里达特》之所以是一部关于自欺的悲剧，正在于此）中，拉辛着手提取出截然区分的善与恶：他要将希法赫斯与法尔纳斯区分开来。希法赫斯集善于一身：他是莫妮姆的所爱，是爱国者，尽管希法赫斯与其兄弟

---

① 悲剧直接从米特里达特的假死拉开序幕。（I,1）

一样是父亲的情敌,但希法赫斯尊重父亲,这些是本质上而不是处境上的优雅品质;但处境使希法赫斯成为有罪之人:希法赫斯的整个童年由父亲抚养,父亲在某种程度上承担了母亲的种种功能①,可希法赫斯却偷走了父亲的女人;法尔纳斯的情况则不是如此,法尔纳斯对青睐他的父亲撒谎②,在米特里达特将莫妮姆明确托付给他的情况下,法尔纳斯背叛了父亲;最后,依据悲剧的物理,希法赫斯因其母亲的过错而成为有罪之人③。然而,正是这样一堆罪过使希法赫斯成为一个**好**儿子:他敬父亲是审判者④,他竭尽全力从父亲那里求取的甚至不是对其忠诚的认可,而是恩典。希法赫斯对父亲奉若神明,这显然导致对法的绝对服从:希法赫斯是过去之人,他几乎从儿时就喜欢莫妮姆⑤,能够表明其特征的就是这种姐弟情欲,这种情欲总是表达一种既让人感到安全又让人感到害怕的模糊关系。

法尔纳斯也不是希法赫斯严格意义上的反面,而是希法赫斯摆脱束缚的复本;法尔纳斯实现了与父亲的远离,他能自如地运

---

① 而我,从儿时就是在他的怀中长大……(IV,2)
② 主啊,您难道会信任如此应受谴责的企图……(III,3)
③ 她背叛了我的父亲……
   我在有关母亲罪行的叙事中变成什么!……
   我眼前只看到被侵犯的父亲……(I,1)
④ 但您有一个爱您的作为审判者的父亲。(II,2)
⑤ 在此,应该告诉您一切的原委吗?
   我感受到您,我打算归属于您
   那时您刚刚诞生的魅力,还不为我父所知,
   还只是出现在您母亲眼里。(I,2)

用这种脱离；他是继皮鲁士之后，唯一一个能够表明自身自由而不需要给这个自由某种**色彩**（即语言借口①）的拉辛英雄，这与希法赫斯充斥和复兴大量言说相反②。这也是为什么法尔纳斯像塔克希尔和皮鲁士一样，他就是悲剧惯例的限度本身。这里的戏剧关系发生在希法赫斯与米特里达特之间，发生在被激怒的父亲与被轻视的造物之间。父亲假死后的回归具有显圣的性质③，米特里达特从黑暗和死亡中回来了④。但在这里，神只是个草图，他并没有像忒修斯那样投身地狱，也没有与死人交流，他的死是诡计不是神话。他的不死本身也只不过是一个概略说法，尽管不怕毒药，但他还是会死，这个神是一个假神。希法赫斯狂乱认罪，等待一个全能的审判者，这也是莫妮姆和希法赫斯为国王复活赋予的意义⑤。但这个在两个死亡之间显露的神，却是一个老滑头。父亲之死曾经让罪恶大白于天下，但父亲的回归只是让新的乱伦对抗和平庸背叛加深罪恶。事实上，是父亲从希法赫斯那里偷走了莫妮姆⑥。

---

① 哎，好吧！不必装点虚妄的天真，
的确，我的爱值得仇恨。(III,2)

② 罗马，我的兄弟！哦，上天！您敢提出什么？……(III,1)

③ 当父亲归来，我只能听从。(I,5)

④ 罗马人，朝着幼发拉底河，攻打了我的父亲，
他惯常的谨慎在夜里出了错。
在漫长的战斗之后，整个阵线溃散
窜逃中，在死人堆里，留下我的父亲。(I,1)

⑤ 我们做了什么！(I,4)

⑥ 所以，你应该满足，为我辩护，
我还活着，我第一个爱上王后。(I,1)

如果这个父亲是一个审判者,是一个神,那么他也是一个偏颇的审判者,一个邪恶的神;无法讨人喜欢,就只能施以暴政①;模棱两可,其模糊性本身是恶毒的,其爱抚则(再次)是致命的②;尤其最后(因为拉辛式神圣性的构造方式正在于此),这个审判者保持着一种歪曲的平衡,只不过这种歪曲表现得非常聪明:他总是懂得恨比爱**多一点**③。对他来说,合法性正好是暴政的工具:他从莫妮姆父亲那里得到莫妮姆④,以法的名义拥有莫妮姆、要求忠诚,并将婚礼变成死亡,再次认可床与坟墓的同一,那同时是婚礼和葬礼祭坛的悲剧模糊性。在这里,代表其力量的物就是皇家系带,时而是冠冕,时而是绞索,愉悦并杀死了莫妮姆。最后一言以蔽之,这是一个算计的神,从来不会只给予不索取:在此处失去的,要在彼处复得。在这个神的礼拜仪式中,莫妮姆甚至只是其种种失败的补偿⑤,因为他只有一种语言,那就是拥有(Avoir)。

这就是一个有罪的儿子重新发现的可怕父亲。至此,悲剧表达了拉辛世界的真相:人只能自认有罪才能证明诸神的邪恶——这就是希法赫斯和米特里达特的关系。但我们知道有时在拉辛悲剧中,有一个点会败坏悲剧,那就是自欺。在《米特里达特》中,这个败坏是通过老国王的牺牲实现的;这个牺牲再无悲剧性,在

---

① 从此应该放弃取悦你们,
不再假装,只需对你们施以暴政?(Ⅱ,4)
② 他装模作样,他抚慰我,却另有企图。(Ⅳ,2)
③ 他的恨总是比爱走得更远。(Ⅰ,5)
④ 想想一位父亲向这伟大国王的承诺……(Ⅱ,1)
⑤ 但您是代我掌管帝国和王朝。(Ⅴ,5)

这个意义上,它也是毫无价值的:当米特里达特表示宽恕的时候,他已经是被谴责的;他的献祭是补加的,他原谅的是已经与之无关的东西;他无关紧要地离开悲剧,就像贝雷尼丝顺从地离开悲剧。剥除所有献身性意义,米特里达特的死成为一幅名副其实的**画**,一个对虚假和解的装饰性展览;与那个时代生机勃勃但粗暴的品位相符,悲剧避免成为歌剧:《米特里达特》是一部经过**矫正**的悲剧。

《伊菲革涅亚》

这也许是拉辛最世俗的一部悲剧。因为人物不再是种种不同的形象，不再是拥有相同**心理**的种种复制品、身份或补充，而是真正的个体，是因利益对立而彼此截然区分的心理单子，不再在模糊的异化中相互关联。《伊菲革涅亚》是一部"伟大的悲喜剧"，在这里，血统不再是一种部落关系，而仅是一种家庭关系，是利益与好感的简单连续性。其重要结果就是：诸角色不再能相互化约，不再能获得人物设定的单一核心；而必须单独看待每个角色，确定每个人在社会上而不是在神话中代表什么。

横扫时代的布尔乔亚强流将悲剧击打得千疮百孔，在这里则在艾丽菲尔身上完全幸免于难。艾丽菲尔出身不明（她不停重申这个起源的神秘性，这个起源的晦暗不明折磨着她并使她存在，因为她一旦知道这个起源就会死去①），她什么也

---

① 一道可怕的神谕因我的错误降临于我，
当我想要寻找我出身的血统，
神谕告诉我：要想不受伤害，就不要知道出身。（Ⅱ,1）

不是;她的**存在**就是诸神的嫉妒①,她的**作为**就是恶,她像一道光一样四处传播②;她与嫉妒之神性的关系如此个人,以至于她从教士手中夺去试图牺牲她的刀:对她来说,教士(言谈难以置信)是世俗者③;她实在是想死于自知,由此完成俄狄浦斯式的根本性悲剧矛盾。艾丽菲尔的情欲本身是拉辛所定义的最具悲剧性的(le plus tragique):这个情欲完全没有希望④,从而也毫无语言(在阿喀琉斯与艾丽菲尔之间没"戏");这个情欲仅仅产生于一个猛烈的创伤:[艾丽菲尔]被绑到阿喀琉斯的船上,遭受威胁,眼睛闭上然后睁开,看到血淋淋的臂膀,最后发现一个面孔,放任自流,这就是通过一个完全反自然的活动而使艾丽菲尔依恋其绑架者的一切⑤。在她那里一切都是断

---

① 上天可能产生了一种非人的欢愉,
在我身上聚集了其仇恨的所有特质。(II,1)
你会看到诸神授此神谕
就是为了同时增加他的荣耀和我的折磨。(IV,1)
② 也许,靠近这些过于幸福的情侣,
我的种种不幸就会在他们身上流溢出来。(II,1)
③ 你让我沿袭的这诸英雄之血
如果没有你世俗的手腕,将会四处传播。(V,6)
④ 绝不要问我是何种希望建立了
我所拥有的这致命的爱。(II,1)
⑤ 这阿喀琉斯……
他的一切直至姓名,都是我憎恶的
但他在我眼里,是一切凡人最珍贵的。(II,1)

裂,她是地道的被拒绝者①。但这个被拒绝者可能也是拉辛戏剧中唯一的自由人:她死得**毫无目的**,没有任何借口。

因此,悲剧也集中在艾丽菲尔这个人物身上,布尔乔亚惨剧能够以此发挥出它的自欺。在艾丽菲尔周围更或是在她面前,是一整个世界在变动。关键就在于伊菲革涅亚。伊菲革涅亚与艾丽菲尔就是因为相同的处境而相关联,伊菲革涅亚是与艾丽菲尔对称的反面:艾丽菲尔什么也不**是**,伊菲革涅亚则**拥有**一切;伊菲革涅亚是阿伽门农的女儿,她与父亲一样属于完全享有者的那个世界;她拥有光荣的父母、无数同盟和一个忠诚的情人;她集美德、魅力②和纯洁于一身。在伊菲革涅亚那里,没有什么是无理据的,她的爱情也是种种原因叠加的产物③:这是一个有良知的存在。诸神假装谴责她也是枉然,她总是在诸神一边,甚至她的死也是与神意秩序的深刻吻合:她的死是**正义的**,即正当的、有目的的,隶属于某种交换的经济学,就像战士之死,她是为父亲献身的;对伊菲革涅亚来说,阿伽门农是完全的父亲,甚至遮挡了诸神:伊菲革涅亚服从的不是诸神,而是她的父亲,她甚至放弃了在

---

① 我获得并看到我可以喘息的日子
不需要父亲或母亲惠予笑脸。(Ⅱ,1)
我,一直被父母抛弃,
甚至还没出生,就在哪都是外人,
也许得到过他们的一个温柔的目光!(Ⅱ,3)

② 在士兵中就已迷倒众人,
尤其是仰慕伊菲革涅亚的美丽……(Ⅰ,4)

③ 她的荣耀,她的爱,我的父亲,我的责任,
使她对我的灵魂有过分准确的力量。(Ⅱ,3)

父亲手中痛苦的权利。我们可以理解,这样一个**客体**①很难询问自身责任何在;也许,为了自愿顺从,这需要她相信自己是无辜的;但其存在并不处于不公正之中,而是处于这"血"的可用性之中,这"血"可以献给阿伽门农、阿喀琉斯、卡尔克斯、诸神、战士,这"血"可以不加区别地宣称其所有权。

然而,这个人物—客体是小型社会的关键,在这种小型社会里,围绕某种非常确切的国家事务(例如,对某个处罚性重大远征的未预见障碍,即利益),会有截然不同的意识形态相互冲突,但在拉辛戏剧中这也许是第一次,所有这些意识形态都完全被社会化了。首先有代表国家权力的尤利西斯,他的行为具有伏尔泰称赞为伟大政治的种种特点:集体利益观念,对行动及其结果的客观评价,缺少自爱,用空洞修辞和崇高道德的持续绑架来掩饰所有这些实用主义②。尤利西斯依赖的是教权。卡尔克斯是一个重要人物:对于拉辛的神之意象,他虽一直缺席却总是颇具威胁,婚姻、谋杀、战争,什么都不能缺了他。他与诸神沟通的非凡天赋却非常适时地伴随着平庸的政治必要性;牺牲国王之女实际上是一个代价高昂的操作;但卡尔克斯以一个资深教士的方式,找到了能够同时满足精神表象和现实需要的高雅解决办法。艾丽菲尔没有上这个当,她在卡尔克斯那里看到的只是一个世俗者,这就有点像一个神秘主义者会认为教士太世俗。不过,在他们背后,有两种世系的诸神;卡尔克斯背后是平凡的诸神,肩负以平庸的

---

① 您的福祉就是我的生命。(IV,4)
② 它代表我的荣誉和祖国。(I,1)

方式考验人的使命;艾丽菲尔背后则是悲剧之神,只想沉浸在最纯粹的恶之中;前者只不过是对后者的嘲弄;在它们之中,悲剧的族间仇杀降级并化简为对巨大经济利益的讨价还价;它们早已只不过是道德以牺牲之名给利益的冷酷法则披上盛装:用一点血交换巨大的财富①。

联合起来的母亲与女婿,代表了一个完全相反的意识形态:个体要求与过于严苛的国家相对立。二者都宣称"个人"是一个充分价值,因此,族间仇杀就是过时的:对克里尼丝特拉(Clytemnestre②)和阿喀琉斯来说,过错不再是传染性的,而是荒谬的,因此全家都要为海伦被绑架付出代价③。这整个个体要求极其正当。克里尼丝特拉是一个有男子气概且极富野心的女人(她为女儿亲手"操办"的婚礼④,在她眼里,就是一次珍贵的社会提升⑤),一点也没有尼俄伯(Niobé⑥)的影子。在她这个伏尔泰认为极为"悲怆"的人这里,保留了一个积极精神:例如,她信赖阿喀琉斯而不是诸神,人类行为变得更有把握;甚或,她对神谕提出异议,怀

---

① 只有阿伽门农,拒绝胜利,
敢用一点血换取如此多的荣耀?(I,3)

② Clytemnestre,希腊神话中,海伦的双胞胎姐妹,阿伽门农的妻子,伊菲革涅亚的母亲。——译注

③ 如果因为海伦的罪过,人们惩罚她的家人,
那么请去斯巴达寻找赫耳弥俄涅,她的女儿。(IV,4)

④ 我在阿尔戈斯(Argos)亲自将你呈现。(II,4)

⑤ 在那里,忒提斯(Thétis)的儿子要称我为母亲。(III,1)

⑥ Niobé,希腊神话中坦塔罗斯之女。尼俄伯因吹嘘自己的子女,引来阿波罗将其子女杀尽,尼俄伯遂悲痛地化为石头。——译注

疑其字面含义,要付之于理性阐释而不是盲目信仰①;她不顺从旧法,主张从父亲到丈夫的转移②。阿喀琉斯还要走得更远,他没有也不想有任何集体利益的观念,他是他自己唯一的主人。战斗,为了谁则是不重要的;娶伊菲革涅亚,不需要嫁妆③;这就是他想要的,因为这正是其愉悦之所在:为了采取行动,他不需要战争借口,也不需要家庭职责④。这个具有无政府主义倾向的战士对教士⑤和诸神本身⑥都毫不客气;在他眼里,父亲已经完全去神圣化了⑦。

父亲是假神。他的存在基于拥有,他拥有一切,财富、荣誉、权力、联盟⑧;但从特征上来说,他什么都不是,其**作为**也是**转弯抹角的**(这本就是欧里庇德斯在他的主题下的用词)。父亲的种种犹豫与悲剧英雄的分裂毫无关系;在英雄身上,这甚至不是什么

---

① 神谕说的是它看起来说的一切吗?(IV,4)

② ……您在这些地方
是她的父亲、丈夫、避难所、诸神。(III,5)

③ 对您丈夫的名字感到满意和荣耀……(III,6)

④ 对他的许门、船只、武器、士兵感到满意,
我的信仰向他承诺一切,对墨涅拉俄斯则什么也没有。(IV,6)

⑤ 这个神谕比卡尔克斯的更加确定。(III,7)

⑥ 诸神在我们的时代是统治主宰,
但,主啊,我们的荣耀在我们自己手中。(I,2)

⑦ 他,您的父亲?在他可怕的企图之后,
我只知道他是凶手。(III,6)
她是我誓言的唯一受托人。(IV,6)

⑧ 国王,父亲,幸福的丈夫,强大的阿特柔斯(Atrée)的儿子,
您拥有希腊人最富有的区域。(I,1)

忠孝不能两全,而更是种种公众压力,是在拉辛世界中如此强大的**人们会说什么**的这种声音:**赞成**牺牲,不是因为诸神,而是因为远征的好处——远征的荣誉都不能完全掩盖利益①;**反对**牺牲,当然有一种父爱在其中(阿伽门农不是魔鬼,是**凡人**,他有一个普通的灵魂),但这种情感不断需要他人的抵押或抵抗;阿伽门农就像所有虚弱的存在者一样,过度沉溺于语言;他被语言攻击,他害怕和逃避的也是克里尼丝特拉的话语②;他又用语言来自我保护,晦涩难解地将自己包裹在格言(对人性[la nature humaine]的过时论述③)之中。

所有这些人物(因为这里涉及的就是种种个体要求)都是在某个现实内部被鼓动、对立甚或关联起来的,这个现实实际上就是剧本的中心人物:家庭。《伊菲革涅亚》中有大量的家庭生活。在拉辛的其他戏剧中,都没有呈现出一个如此构造稳固的家庭:具有完整的主干(父亲、母亲和女儿)、旁亲(海伦,人们正是围绕她发生争执)、直亲(夫妻将其置于首位④)、姻亲(激烈地讨论未来女婿的"权利"⑤)。在这样一个坚固的小团体中,人人都在为某个巨大的物质利益操心,怎能不把艾丽菲尔(即悲剧英雄)看作

114

---

① 为了最终显赫的胜利,不惜一切代价
必须充实、复仇、塞满荣耀……(III,6)
② 对我不忠的丈夫,我匆忙表现。
他完全不能承受给我活力的暴怒。(III,5)
③ 幸福的他,满足于他卑微的财富……(I,1)
④ 让墨涅拉俄斯用如此代价补偿
他有罪的另一半,他太钟情于她……(IV,4)
⑤ (IV,6)

僭越者？怎能不为了小集团的成功而牺牲一切（连带路易十四时期的公众一起）？《伊菲革涅亚》中的人际关系有一种奇特的单调，因为这些关系正是现代意义上的家族关系；表达上的单调，有时不能不让人想起布尔乔亚对莫里哀喜剧的论战语调①；但尤其是心理上的持续单调，因为人们用优雅语言所命名的人物间的种**种攻击**，与后来数世纪里推动我们现实主义戏剧的那个统一体不相上下，人们用一种珍贵的暧昧称之为：舞台（scène），或者像吉罗杜（Giraudoux）所说，"在充满热情的家庭中发生的每周大战之一"②。

然而，家庭不是一个悲剧场所；家庭被理解为是一个充满活力的群体，我们几乎可以将其看作一个种类，即由一种扩张性的真实力量所推动的种类，家庭有演绎出一种价值和目的的可能性。的确，戏剧一旦开始，提到心头上的问题确实是悲剧性的：是否应该牺牲伊菲革涅亚？这个非此即彼的选择似乎不允许任何不可预见的结局，没有任何**创造性**的出路：只有是或否。不过，拉辛（如前言中所强调的，作品的深刻意义，其新颖性正在于此）给了这个悲剧性的窘境一个非悲剧的出口；而给他提供这个出口的**恰巧**是悲剧人物。悲剧说，杀或者不杀伊菲革涅亚。拉辛回答：杀了她，同时又不杀她，因为牺牲艾丽菲尔，就是顾全了杀人的意义，同时又不承担杀人的专制。拉辛在这里描绘了某种作为辩证式解决办法的事物，可能是形式的，仍然野蛮的（真正的辩证式解

---

① ——啊！我太清楚您为他准备的结局。
　　——为什么还要问，因为您知道？（IV,6）

② J. Giraudoux,《拉辛（*Racine*）》, Grasset, 第39页。

决办法曾是创造一种无须风与诸神的方式),但这个办法毋庸置疑见证了17世纪后半叶的这种新精神,这股自然主义潮流,莫里哀即是这股潮流的著名代表:没有艾丽菲尔,《伊菲革涅亚》就是一部非常好的喜剧。

《费德尔》

说还是不说？这才是问题。这正是戏剧所包含的言说之所在：拉辛悲剧最深刻之处也是最形式化的，因为悲剧的关键，与其说是言说的含义，不如说是言说的出现；与其说是费德尔的爱，不如说是她的供认。甚或更确切地说：对恶的命名将恶全部取消，恶是一种同义反复，费德尔是一个唯名论悲剧①。

从一开始，费德尔就自知有罪，而问题并不在于她的罪过，而在于她的沉默②：她的自由正在于此。费德尔二次打破沉默：在俄诺涅面前（第一幕，第三行），在希波吕托斯面前（第二幕，第五行），在忒修斯面前（第五幕，第七行）。这三次断裂的严重性不断增长；从一次断裂到另一次断裂，费德尔逐步接近言说更为纯粹的状态。第一次坦白还是自恋式的，俄诺涅只不过是费德尔的母系复本，费德尔在与自身相脱离，她在寻求自我认同，她在讲她自己的故事，她的隐情是史诗式的。第二次，费德尔因一个游戏而与希波吕托斯神奇地联系起来，她代表的是他的情人，她的供认

---

① 当你知道我的罪行，以及命运对我的碾压，
我不会死得更轻松一些，我会死得更加罪不可赦。(I,3)
② 费德尔被不幸击中，执意沉默……(I,1)

也是为了引人注目。第三次,费德尔公开向仅因其存在就奠定了错误的那个人坦白,她的坦白言真意切,洗净一切戏剧成分,言说与事实完全相符,她是一种*矫正*:费德尔可以死,悲剧枯竭。因此,这涉及一个被毁灭自身的观念所扭曲的沉默。费德尔是她自己的沉默本身:打破沉默,就是死亡,但同时,死亡也只有被说出才能存在。在悲剧开始之前,费德尔就已经想死,但这个死亡被悬置了①:若保持沉默,费德尔既非生亦未死——只有言说将解开这个静滞的死亡,让世界运动起来②。

另外,费德尔并不是秘密的唯一形象;费德尔的秘密不仅是蔓延性的——希波吕托斯和阿里茜也拒绝给费德尔的罪恶以任何命名③,而且费德尔还有一个复本:希波吕托斯,后者也被言说的恐怖束缚着。对希波吕托斯和对费德尔一样,在因族间仇杀法则的效力而禁止儿子结婚、永远不死的同一个忒修斯面前,爱就是犯罪。对希波吕托斯来说,爱与说出这个爱是同样的耻辱,情感上的犯罪与其命名再次毫无区分:塞拉门

---

① 一个行将就木的女人寻求死亡……(I,1)
② 而死亡,在我眼里吞噬着光明,
还给它所玷污的岁月以全部纯净。(V,7)
③ 希波吕托斯对忒修斯说:
我应该在这里说出真相,
主啊;但我隐瞒了一个触及您的秘密。(IV,2)
希波吕托斯对阿里茜说:
……任何纯净的嘴
都不会张口讲述这个可怕的冒险。(V,1)

117　尼斯(Thèramène①)与希波吕托斯说话的方式和俄诺涅与费德尔说话的方式一模一样②。不过，希波吕托斯作为费德尔的复本，他的缄默代表的是一种更为古老的状态，他是一个倒退的复本；因为希波吕托斯的守口如瓶是本质性的③，而费德尔则是情境性的。希波吕托斯的口头约束公开地表达了一种性约束：希波吕托斯的缄默就像他的不育；尽管拉辛采取了种种世俗的预防措施，但希波吕托斯拒绝性，反自然；代表正常状态的亲信用其好奇心本身，证实了希波吕托斯的恐怖特性：童贞是一种景观④。也许，希波吕托斯的不育是指向对父亲的反对，它是对父亲浪费生命的混乱挥霍进行谴责⑤。但拉辛的世界是一个直接的世界：希波吕托斯将肉体当作严格意义上的恶来厌恶。情欲是传染性的，必须斩断情欲，拒绝接触与情欲有染的事物：仅仅是费德尔对希波吕托斯的

----

① Thèramène，历史上的雅典政治人物，反伯里克利的保守党。在拉辛悲剧《费德尔》中，是希波吕托斯的执政官。——译注
② 塞拉门尼斯对希波吕托斯说：
　　您丧命于您所隐瞒的不幸。(I,1)
③ 希波吕托斯对阿里茜的爱从根本上被挑战：
　　现在我自我寻找，却再也找不到我自己。(II,2)
④ 甚至在看着他时，他高傲的喧嚣
　　也加重着我对他的好奇。(II,2)
⑤ 但当你叙述不那么光辉的事情时，
　　他的信仰在其中随处可得、可予……
　　你知道就像会让人后悔听到这些言论，
　　我经常催促你少说……
　　而轮到我自己，我会觉得自己受牵涉吗？(I,1)

一瞥就会败坏希波吕托斯①,一旦费德尔碰到他的剑,他的剑也变得令人厌恶②。在这点上,阿里茜与希波吕托斯如出一辙:他的天命就是不育,这不单因为忒修斯的禁止③,还因为阿里茜的存在本身④。

因此,守口如瓶就是同时考虑到羞耻、罪过和不育的一种形式,费德尔在所有层面上都是禁止言说、克制生活的悲剧。因为言说是生命的替代物。言说,就会失去生命,而且所有倾诉行为在一开始就被领会为浪费的举动:供认、为澄清进行的言说,就是生命仿佛要消失的起因本身;言说,就是散布,就是自我阉割,这使得悲剧屈从于一种莫名其妙之贪婪的摆布⑤。当然,与此同时,这个被阻塞的言说又被它自身的散布吸引:正是在费德尔最为缄默的时候,因为一个补偿性举动,她抛开禁闭她的衣服,想要展示自己的裸体⑥。所以我们可以理解,《费德尔》也是一个分娩悲剧。俄诺涅实在是一个乳母、助产士,那个无论花多大代价都要将费德尔从她的言说中解放出来的人,那个将语言从

① 我看着自己就感到厌恶。(II,6)
② 只要我的手触碰过它一次
在他非人的眼里,我就让它变得可恶;
而这不幸的剑也会亵渎他的手。(III,1)
③ 他不允许给他兄弟留有侄子,
他害怕给有罪的祖上添枝散叶,
他想与他们的姐姐一起埋葬他们的姓名。(I,1)
④ 你知道一直都是对抗的爱……(II,1)
⑤ 我过的是充满仇恨的生活……(I,3)
⑥ 这些虚妄的装饰,这些呈现我的纱幕……(I,3)

其被禁闭的幽深洞穴中解脱出来的人。这个对生命所进行的不能容忍的封闭，同时带有缄默和不育，我们知道，它也是希波吕托斯的本质。因此，阿里茜是希波吕托斯的助产士，就像俄诺涅是费德尔的助产士；如果阿里茜对希波吕托斯感兴趣，那明摆着就是为了戳破他①，并让他的语言最终流淌出来。更甚的是，费德尔懵懵懂懂地想要在希波吕托斯身边扮演的角色，就是助产士；这就像她的姐姐——解迷宫者阿里安，费德尔想整理乱麻、摇纱纺线，将洞穴中的希波吕托斯引向光明②。

那么，是什么让言说变得如此可怕？这首先因为言说是一种行为，语词是强大的。但尤其因为语言是不可逆转的③，没有任何言词是可以收回的：一旦交付给逻各斯，时间就不能逆转，其创造是决定性的。而且，逃避言说，也是在逃避行动④；这就像传环游戏，将言说转交给别人，也是将责任转交给了别人；如果我们因"无意的迷失"而开始说话，收回所说的话也是无济于事，而必须

---

① 但让不屈的勇气屈服，
　给敏感的灵魂带来痛苦……
　这才是我想要的，这才是激发我的事情。(II,1)
② 是我，王子，是我，那个有用的救兵
　那个您在教授迂回的迷宫中见到的人……(II,5)
③ 在《费德尔》这部没有过分矫揉造作的悲剧中，语词从来不会重来一遍：没有"戏"。
④ 迷人的阿里茜知道如何取悦您吗？
　——塞拉门尼斯，我走了，我去找我的父亲。(I,1)

坚持到底①。俄诺涅的诡计恰恰不在于**收回**费德尔的供认,不在于宣告它的无效,这也是不可能的;俄诺涅的诡计恰恰在于扭转这个供认:费德尔将控诉希波吕托斯,不过罪行是费德尔自己的——语词丝毫未动,只是从一个人物转到另一个人物。因为语词是无法摧毁的:隐藏在《费德尔》中的神不是维纳斯,也不是太阳,而是"了不起的伪誓"之神,此神的神殿朝向特罗曾之门,环绕着先人坟冢,希波吕托斯就要在这个神殿面前死去。忒修斯本人就是此神的受害者:尽管忒修斯能够从地狱**返回**,收回不可收回之事,但他是一个说得过早的人;尽管他是半神,在控制死亡矛盾上相当强大,但他也不能撤除语言:诸神用忒修斯儿子身上吞噬忒修斯之龙的形式,将忒修斯的已出之言发还给他。

正如开场令人恐慌的惨剧所示,《费德尔》自然有非常宽广的隐情主题。中心意象是大地,忒修斯、希波吕托斯、阿里茜及其兄弟②都是大地的后裔。忒修斯是十足的地狱英雄,对地狱习以为常,由此,皇宫再现了令人窒息的凹形③;忒修斯也是迷宫英雄,他战胜洞穴,几次从黑暗走到光明,知道了不可知之事,却还能回来;而希波吕托斯的原生场所是荫翳的森林,他正是在那里养成

---

① 因为我开始打破沉默,
夫人,必须继续……(II,2)
啊!残酷,你太了解我了……(II,5)

② 大地之子,保持高贵国王的血统……
……潮湿的土地
厄瑞克透斯侄子的血,让人后悔的意图。(II,1)

③ 我已经觉到这些墙、这些拱顶……(III,3)

了自己的不育①。面对这个大地阵营，费德尔是非常撕裂的：因其父米诺斯（Minos②），费德尔分享着藏匿和深洞的范畴；因其母帕西法尔（Pasiphaé③），费德尔则是太阳的后裔；费德尔的主要问题就是在这两项之间不安地变换；她不停地隐藏秘密，回到内在的洞穴之中，但一个力量又不停地将她推出洞穴，让她自我呈现，重返太阳；她也不断证实她自身本性的模糊性，她既害怕光明又呼唤光明④，她既渴望白昼又让白昼蒙污。一言以蔽之，她的主要问题就是黑光明的悖谬本身⑤，也即是一种本质上的矛盾。

不过，在《费德尔》中，这种矛盾有一个完善的形象，那就是魔鬼。首先，魔鬼的特性威胁着所有人，人人都是彼此的魔鬼，人人也都是魔鬼的狩猎者⑥。而且尤其是，这次真的是由魔鬼介入解

---

① 在森林中长大，他具有森林的粗野。（III,1）

② Minos，希腊神话中的克里特之王，宙斯和欧罗巴的儿子，冥界三判官之一。——译注

③ Pasiphaé，希腊神话中，太阳神之女，米诺斯的妻子，费德尔的母亲。——译注

④ ……您憎恨您所寻找的光明。（I,3）

⑤ 我想在垂死之际……

……在光明中吞下如此黑暗的火焰。（I,3）

⑥ 费德尔对希波吕托斯说：

摆脱那个激怒你的魔鬼世界。（II,5）

阿里茜谈到费德尔：

……您不可战胜之手

将人类从无数魔鬼手中解放出来。

但并非所有魔鬼都被摧毁，您还留存了

一个……（V,3）

决悲剧。而这个魔鬼具备魔鬼特性本身的本质，也就是说这个魔鬼在其生物结构中概括了《费德尔》的根本矛盾：它是在深海外闯入的力量，它建立于秘密之上，加工、抢夺、刺破、分撒和散布秘密；悲惨的是（即讽刺的是），希波吕托斯的基本封闭对应着一个炸裂的死亡——之前本质上紧实的身体，被叙事完全**展开**为粉末。因此，塞拉门尼斯的叙事①构成了悲剧解体的关键点，也就是说，所有人之前的保密都被一场彻底的灾难打败了。因此，希波吕托斯正是《费德尔》的代表人物（我并没有说他是主要人物），他真的是赎罪的受害者，在他身上，秘密及其消除可以说达到它们最无理据的形式。而相对于秘密被打破的这个伟大神话功能，费德尔本人则是一个不纯粹的人物：她在某种程度上两次尝试摆脱秘密，最终，她的秘密是通过一个延伸的告白暴露的。在费德尔这里，言说在最后关头重新找到了一个积极的功能：她有时间去死，在她的语言和她的死亡之间，最终有了一个协调，彼此之间拥有同样的尺度（甚至最后一句话还是从希波吕托斯那里偷来的）。这个漫长的死亡像一块布那样钻进她[的生

费德尔对俄诺涅说：
　　……走开，可恶的魔鬼。（IV,6）
希波吕托斯说到自己：
　　是否有人相信我是从魔鬼腹中长出的？（II,2）
费德尔说到希波吕托斯：
　　在我眼里，他就是一个可怕的魔鬼。（III,3）

① 关于塞拉门尼斯的叙事，雷奥·施皮策（Léo Spitzer）的批评非常精彩，我只知其意大利译本（《文体批评与语言史[Critica stilistica e storia del linguaggio]》,1954, 第 227 页）。

命]①,而那个纯粹和平等的言说也像一块布那样从她[的生命]中走出。悲剧时间,这个将被言说的秩序与现实秩序分离开来的可怕时间,它是升华的产物,自然的统一体是被修复的。

所以,《费德尔》将内在与罪过进行了同一化处理。在《费德尔》中,事情不是因为有罪才被掩藏(这就是一个平庸的视角,例如,如果从俄诺涅的视角来看,费德尔的过错只不过是个偶然,是与忒修斯的生活相关的),而是事情在被掩藏的同时就是有罪的。拉辛式存在不会自行解决,而这就是其恶之所在:没有什么比过错与疾病②的鲜明相似能更好地表明过错的**形式**③特征了;费德尔的客观罪过(通奸、乱伦)总的来说是一种牵强附会的构造,这种构造就只是为了引入秘密带来的痛苦,为了将形式有效地转化为内容。这种倒置契合了某种更为一般的运动,这个运动实现了拉辛的所有艺术构造:恶是可怕的,甚至与可怕相应,恶是空的,人遭受的是形式之苦。当拉辛说对于费德尔来说犯罪本身就是惩罚④时,拉辛将这一点表达得非常清楚。费德尔的所有努力都在于**填补**她的过错,也就是免除上帝之过。

---

① 我曾想……
通过一条更为悠长的道路,走向死亡。
我明白,我让我燃烧的血管里流淌的
是毒药……(V,7)

② 费德尔,被她自己绝口不提的恶击中……(I,1)

③ 克劳戴尔似乎已经看到费德尔之恶的**形式**特征,他说:"《费德尔》自己就是一个氛围。"

④ 前言,第一段末尾。

《以斯帖》

《以斯帖》中有一个丑恶的人物,那就是阿曼。这个叛徒并不属于那个伟大的法定联盟:将所有犹太人与以斯帖、末底改和亚哈随鲁联合在犹太人权利的骄傲意识里。在这个新的天意世界里,阿曼来自悲剧,来自那个之前居住着塔克希尔、皮鲁士、尼禄和艾丽菲尔的悲剧。例如,正如尼禄是在阿格里皮娜的眼皮底下动弹不得,阿曼则是在末底改的眼皮底下动弹不得,末底改使他不得安宁①,一手遮天②,剥夺了他的一切趣味③。但就像艾丽菲尔一样,阿曼自由地选择了疏离:阿曼对末底改的仇恨不是为了种族或功能的竞争④(马唐和耶何耶大就是这种情况),阿曼对末底改的仇恨是完全纯粹的。如同艾丽菲尔一样,面对犹太家庭,

---

① 他可憎的面孔折磨着我,纠缠着我。(Ⅱ,1)
② ——您看到世界在您面前俯伏。
——世界?每天都有人……卑贱的奴隶厚颜无耻地无视我、对抗我。(Ⅱ,1)
③ 我的所有伟大对我来说都变得索然无味,当太阳照亮这背信弃义的时候。(Ⅱ,1)
④ 我的灵魂,完全与我的伟大整个相关,血统的利益只是略微触及。(Ⅱ,1)

阿曼是孤儿①和僭越者,像亚玛力人(Amalécite)和马其顿人(Macédonien)那样的双重局外人。阿曼就那样产生了②,孤零零地放在那里,他不懂得血统法则③;总的来说,阿曼的背叛只不过是对其自由之名的再一次颠倒。实际上,阿曼只求一件事:得到承认。在这个宫廷里,荣誉总是会显现出某种经济活力④,阿曼只有一个动机:享足荣耀⑤。只有一个人拒绝了他:末底改。末底改是一个说**不**的静止目光,他与阿曼的关系和上帝与造物的关系一样,拒绝恩泽:正是这种失落本身将阿曼引向末底改。阿曼像古代异教徒的悲剧英雄一样,拒绝逃离,拒绝离开悲剧。

　　排斥阿曼的秩序众所周知,它在所有拉辛悲剧中都深浅不一地存在着,那就是合法性的秩序。在这里,上帝,至少是《旧约》的上帝,公开负责这个合法性。因此,第一次,这是一种完全胜利的合法性,最终具有绝对的良知:上帝不再受到指责,孩子似乎与赋予他名字和声音的父亲彻底和解。拒绝继承的"独断主义"曾经影响到如此多的拉辛式英雄,现在也枯竭了;相反,只剩下荣誉,只剩下对遗产的沉醉,只剩下对血统和过去(一言以蔽之,即世俗和犹太合法性,**联盟**)的隆重巩固。

　　与悲剧路线相反,这个神话路线这次是从分散到联盟,从不

---

① 波斯人带来年幼的孩子……(II,1)
② 我命中注定就知道纠正不公正。(II,1)
③ 是的,这上帝,我承认是令人生畏的,
　 但他要我们留着难以平息的仇恨吗?(III,5)
④ 我从阿曼那里给你好处和权势。(III,7)
⑤ 单单荣耀就能讨好慷慨的心灵。(II,5)

忠到忠,它是由犹太人完成的。《以斯帖》将犹太人置于地道的拉辛状态(即寡情)中:犹太人与联盟断绝①,依据族间仇杀法则,他们一代又一代地遭受联盟的惩罚②;对他们来说,这涉及"蒙恩回返(rentrer en grâce)",一个对拉辛总是有强烈吸引力的运动。由于合法性在相当多其他悲剧中表现为一种令人窒息的自然(以至于解放自己曾经就是敢于重返反自然[anti-Physis]),所以合法性重新成为自然:正是因为犹太人曾经从中分离,他们才形成了一个可怕的民族,相对于整个世界显得古怪,其丑恶与他们的孤僻本身相得益彰③。不过,新自然所定义的上帝还是一个不公正、残暴且遥远的上帝,世界在上帝面前就像个虚无;但正因如此,上帝在某种程度上让侵犯合法化,他允许在良知中进行斗争,允许实施摧毁力量而毫无罪恶感,简言之,就是允许过祝圣了的生活并省去献祭。

以斯帖就是这个重建的途径。她不仅将被造物与其上帝重新联结起来,而且将权力与父亲(曾经暂时被剥夺)、亚哈随鲁与末底改也重新联结起来。亚哈随鲁就是神权的一部分:也许像所

---

① 在亚述人时代,他们可悲的奴隶身份
  成为他们忘恩负义的合理代价。(III,4)
② 我们的父辈有罪,我们的父辈已经不在了,
  而我们承受着对他们罪行的惩罚。(I,5)
③ 是的,亲爱的朋友,这是暴怒的魔鬼。(III,3)
  他认为我们处于恐惧之中是完全自然的。(I,3)
  剩下的人类,似乎被分化开来……
  到处遭憎恶,他们憎恶所有人。(II,1)

125 有权威一样,亚哈随鲁既不可见又光彩夺目①,他将被造物置于身份危机之中。在亚哈随鲁面前,以斯帖没有由来,不得不用悲剧的首要问题来为自己定义:**我是谁**?(或者至少在这里:**她是谁**?因为《以斯帖》是一部假悲剧②)但这上帝也是被造物,他寻找自身的候补者③;上帝是太阳,在以斯帖身上发现了阴影,发现了不施脂粉的灰暗面孔,发现了被眼泪减弱的光辉④。末底改是缔造者,他对以斯帖来说是完全的父亲⑤,以斯帖则是末底改的绝对所有物⑥。正是末底改本人将以斯帖作为童贞女—受害者献给上帝—配偶,末底改像操纵木偶一样操纵以斯帖的行动⑦。末底改**是**这样的:他可耻地站立在宫殿门口就是他永久存在的符号本

---

① 宫殿深处,君威肃穆
引臣民销声匿迹。(I,3)
在此神圣王位之上,雷声阵阵,
我相信您也看到一切就绪,我将被化为灰烬。(II,7)
你眼里的光芒让人目眩。(II,8)

② 直到今日,国王都不知道我是谁。(I,1)
来吧,请敢于向国王宣告您是谁。(I,3)

③ 以斯帖显示出来的都是纯洁与平和。
她赶走最黑暗悲伤的阴影,
让我最平静的岁月成为最灰暗的日子。(II,7)

④ 而我,为了所有阴谋和诡计,
我向上天献祭我的泪水。(I,1)

⑤ ……亲爱的艾莉丝,他让我既当爹又当妈。(I,1)

⑥ 我说什么好呢?以斯帖,您的生活是属于您的吗?(I,3)

⑦ 上天由此支配我的命运
我受缚的舌头上还含着这秘密。(I,1)

身；他是真正的本质、关联、过去之上帝，在他这个不可动摇者面前一切都是对象或工具；他像耶何耶大那样将神圣的力量与短暂的创造性集于一身；变幻、亲切和闪耀之神（亚哈随鲁）本身只不过是握在这个灰色、静止和真正消极幽灵①之形象手中的对象，拉辛的心灵听从这个形象的摆布，就像以斯帖听从其缔造者的摆布。

和解的世界、重建的不可动摇性、复归的过去和被废除的不忠，它们的代价就是隶属于牧师——父亲和子民首领。《以斯帖》不是孩子们的当前娱乐，而是对儿童时代的真正推崇，这种儿童时代是不负责任与快乐时光的得意混杂，是对美妙消极性的推举，由诸童贞女—牺牲的整个合唱来慢慢品味，这个合唱的歌声既是歌颂又是抱怨，形成了拉辛式幸福的——感官的——**场所**。

---

① 他，骄傲地坐着，头一动不动……
然而他坐在宫殿门口……
我发现他全身盖满可怕的灰尘，
破衣烂衫，完全苍白。但他的眼睛
在灰烬之下还保留着相同的骄傲。(II,1)

《亚她利雅》

　　像在拉辛的第一部悲剧时光中一样,这里也是两个兄弟敌人,犹大(Juda)和以色列(Israël);这两兄弟只有一个父亲,上帝或其统一国王,大卫王,所罗门。其中有一个兄弟是好儿子,他知道父亲的全能,守卫父法;另一个是坏儿子,反叛,效忠伪父。前者是锁闭圣地的俘虏,后者则十分强大。两兄弟都是战斗至死,一个是以父之名,另一个则是为了对抗父亲。自然而然,对父亲的忠诚首先是记忆、对过去的选择,而悲剧一开始的诗句就将兄弟之争表现为时间的灾难性断裂①:与仪式性时间——即由回返和重复构造的时间②,它是合法父亲的时间,是静止的时间——相对的是矛盾性的时间,因为后者是对时间的真正嘲弄,它是遗忘,即忘恩负义③。因此,在这最后的悲剧中,直接也可以说是在神话本身的范围内,放置了全部拉辛世界的中心形象:分歧。

---

① 时代变了!……
　　女人的无礼……
　　在晦暗的日子里已经改变了美好的岁月。(I,1)
② 我来了,依据古老而庄严的用法。(I,1)
③ 对其上帝,只剩下不可避免的遗忘。(I,1)

分歧的起源显然是联结上帝与其子民、父与子的联盟破裂；就像《以斯帖》一样，悲剧冲突的关键是对这个集体协议的修复①。我们知道合法性的断裂是逐渐破坏拉辛式心理的运动。分歧是一种扩大化的、展现出来的断裂。在这里，不再是个体想要与血统相分离（皮鲁士或尼禄），而是血统本身发生分裂，生长出两条敌对的脉系，也可以说是生长出两个对抗的合法性，彼此仿造。一言以蔽之，分立的脉系自己拥有一个血统、一个跨时间的存在，拥有自己内在的族间仇杀②，其可怕之处正在于此：这个分立的脉系在所有方面都与合法脉系相似。这里不再是一个人独自去努力打破族间仇杀的法则，而是两个不同但又对称的族间仇杀之间的冲突，这两个族间仇杀来自两个对等血统，因为它们都来自同一根源。拉辛式分裂在其世俗的状态中，将**我**与**别人**、自由与其周边、呼吸与窒息对立起来；在其宗教状态中，分歧将两个完美的对象对立起来；拉辛式分裂让种种复本面对面（不再是**一个**反对**所有**）：两个神（耶和华［Javeh］与巴力［Baal］）、两个教士（马唐与耶何耶大③）、两个国王（亚她利雅与约阿施）、两个父亲

---

① 国王、牧师、臣民，充满认可，来吧，
让我们更加坚定通过雅各（Jacob）与上帝的结盟。（V，7）
② 亚她利雅：
是的，我正当的暴怒，我以此自夸，
已在我的子孙那里为我的父母复仇。（II，7）
③ 拿八（Nabal），在你看来，是否需要我提醒你
我和耶何耶大的著名争论……（III，3）

(亚她利雅与耶何耶大①)以及两个神殿②。在这里，冲突的形式不再是包围，而是对峙。直到《费德尔》，解决悲剧的要么是毒药，要么是绳索。而耶何耶大为发现他的利未士兵(lévites-soldats)而拉开的帷幕，就像联合与分离两个同样武装世界的平面：拉辛的舞台上第一次隆重展现武器。而在拉辛的其他悲剧中，都没有像亚她利雅与耶何耶大(即与上帝，儿子与父亲)如此赤裸裸的肉搏；这肉搏不再是不加区别地拥抱和抚摸，而是战斗，它的语言最后就是亵渎神明的话③。

分歧的关键当然是一个人同时有两个脉系，而这两个脉系不和。约阿施就同时是两个脉系的混血和分裂：这种矛盾构成人本身的分歧。两个血统在约阿施身上是对等的，约示巴(Josabeth④)不无焦虑地自问哪一个(父系还是母系⑤)占优势也是有道理的；

---

① 什么样的父亲
我离开！又是为了……
——哎，好吧？
——为了什么样的母亲！(II, 7)
② 最终，为她引入的新神，
亚她利雅建成了一座新神殿。(III, 3)
③ ……犹太人的上帝，你比他强！(V, 6)
④ Josabeth，即约示巴(Josheba)，犹大王国国王亚哈谢的妹妹，犹太大祭司耶何耶大的妻子。她与耶何耶大一起偷偷拯救了亚哈谢的儿子约阿施。——译注
⑤ 谁知道……
上帝，使之与可恨的种族分离，
为大卫的利益，是对他的恩宠？(I, 2)

这当然是一个典型的家系关系:约阿施一旦被带回到父亲亚哈谢(Ochosias①)那里,父系出身就与男性秩序(大卫[David],约沙法[Josaphat],约兰[Joram])混淆起来,母系出身就与女性秩序(耶洗别[Jézabel②],亚她利雅)混淆起来,这样,拉辛的这个最后冲突就成为两性的神话冲突。所以,问题就变成:分歧的孩子能否结束分歧,由分裂构成的事物能否修复原初的统一体,依照生命一个事物能否萌生两个对立物,简言之,矛盾能否维持下去。拉辛表明了约阿施的这个成问题的本性,使他不断遭受来自黑夜和死亡③的身份考验④(我们知道,这是典型的悲剧考验):**约阿施是谁?** 如果不考虑悲剧的表面结局,这个问题本来是没有答案的(悲剧就在于以一种确定的方式维持对失败的欲望,选择没有出路的问题):也许,约阿施的即位及其母亲的被杀最终使他成为父亲的儿子,即与父亲和解的儿子。但耶何耶大的预言将假的神意悲剧变成真正的悲剧:父亲的胜利只能是那个永恒含糊的时刻,

---

① Ochosias,古代中东国家南犹大王国第六任君主,亚她利雅的儿子,约阿施的父亲。——译注

② Jézabel,以色列国王亚哈之妻,亚她利雅之母。据《旧约》记载,耶洗别大量供养巴力先知,杀害耶和华的先知,后在叛乱中被耶户奉耶和华之令抛出窗外,被野狗分尸。——译注

③   深深的迷惘包围着他的种族……(III,4)
　　整个犹大(Juda),像您一样,同情遭遇,
　　随着兄弟之死,相信为天命所因。(IV,3)
　　……从坟墓赎回的国王!(V,1)

④   人们说,我是孤儿……
　　对父母一无所知。(II,7)

那个不可抵偿之分裂的终结;母亲就在约阿施杀死她的那一刻①重新抓住约阿施,让他回到弑兄的基本状态:约阿施杀了自己的兄弟撒迦利雅(Zacharie②);唱诗班献给约阿施的交错韵诗歌(第三节,第八行)最终将约阿施认定为分裂的形象。

我们知道在拉辛那里存在一个伦理与美学的矛盾:拉辛所选择的善在他那里是一种抽象,混合着因循守旧,他的那些表面上正面的人物是一些令人生厌、戴着崇高的空洞面具的人;拉辛所谴责的恶则是活生生的,在表面的卑劣之下,有着细微差别、欲念和遗憾的躁动,就好像拉辛式主体性之核心就沉积在黑暗英雄之中。实际上,这个美学反差恢复了一种我们熟知的形而上学矛盾:上帝是空洞的,然而正因此,必须服从上帝。在耶何耶大这一边,即在得胜的合法性这边,积极性是阴暗和单调的:一个战斗的上帝,他的宽恕只能给得含糊其词;一个狂热和不正直的教士③,公开怂恿谋杀④;一个报复心强的孩子,其精明和他与生俱来的残暴相称;消耗于自欺艺术的信徒,需要同情的时候就是童贞女,需要摧毁的时候就是战士。可以说只是因为儿子绝对无偿的决定,父亲才是全能的。

在颠覆者那一边,则完全是另一幅画面,恶有一个**结构**。例

---

① 这就是母亲临死时对他的希望……(V,6)

② Zacharie,耶何耶大与约示巴之子,即约阿施救命恩人的儿子。——译注

③ 拉辛参照耶稣和圣劳伦斯(saint Laurent)的诡计,证实了耶何耶大的狡猾,这并未阻止伏尔泰对此感到强烈愤怒。

④ 您毫无畏惧地沉浸在不忠的血统中;
打击提尔人(Tyriens)甚至犹太人(Israélites)。(IV,3)

如,耶何耶大是无定限的,他就是一个纯粹的假定起始(pétition de principe);马唐则有一个历史,他是由将他与上帝连接的侵犯关系规定的:变节教士①,正派祭司排斥的对手,他对犹太上帝的仇恨首先是对自己破坏律法的懊悔,他制造分裂,背叛父亲②。马唐像所有被拉辛排斥的人一样,他的身份是三重的:他在他所抛弃的合法性之外,只能找到空洞③;让他活下去的是他的仇恨;恶将他引向灾难性的纯粹状态④。

亚她利雅也是对犹太上帝有私人仇恨的敌人,她与犹太上帝处于一种异化的关系中。亚她利雅也是一个被排斥的人:面对合法性的封闭世界,面对种族主义的世界(如果曾有的话),她是外人⑤。但亚她利雅的颠覆力量比马唐的躁狂式恶意言行走得更

---

① 马唐,我们祭坛可耻的背叛者……(I,1)
② ……而他亵渎宗教的言行
  想要消灭他所放弃的上帝。(I,1)
③ 朋友,你能想象出于一种浅薄的热情
  我任由虚妄的偶像蒙蔽,
  凭借一块脆弱的木头,枉顾救助,
  整日耗费在神坛上的诗句?(III,3)
④ 如果在神殿得以顺利复仇,
  我就能最终信服他对无能的仇恨,
  在残骸、灾害和死亡中,
  随着不断的侵害,我也失去所有自责!(III,3)
⑤ ……一个不信神的外人
  从大卫的权杖篡夺所有权利。(I,1)
  ……一个不信神的外人
  哎呀!坐在你诸王的王位上……(II,9)

远:她拥有高于自然的权力,她能够改变事物的名称①,她能够让自己从王后变为国王②,即与敌对脉系的性别竞争;她是助产士,是禁忌秘密的探险家;她不仅试图刺穿孩子的最初之夜,助产出名为埃利亚新的约阿施,存在的表象,她还亵渎神殿,确切地说,她揭开了神殿是能指形式的秘密③。总之,亚她利雅汇集了所有反自然的功能,但也因此打开了世界:她喜欢财富,她懂得统治、安抚,根据需要变得宽容,让敌对的诸神并存。简言之,她有**统帅感**(le sens de imperieum④),她政治视野的宽广与教派的狂热形成对比,小小国王完全是她的产物和工具。

更甚的是,亚她利雅知道不安⑤,即善意;也知道人的自由:她能够**改变**⑥,重新成为情欲行动下的女人(因为正是这个关联将她与约阿施联结起来:一种**魔力**,一种爱的魅力⑦)。她在忠诚中看

---

① 女人的无礼……
在晦暗的日子里已经改变了美好的岁月。(I,1)
② 在广场之一,对预先准备好的人群,
这个傲慢的女人走来,额头扬起……(II,2)
……这光彩照人、勇敢无畏的王后
在其怯懦的性别之上成长起来……(III,3)
③ 打开和关闭神殿的行动是行为的呼吸本身,就像在《巴雅泽》中打开和关闭宫殿。
④ (II,5)
⑤ 我一直寻求并避开我的平和。(II,3)
⑥ 朋友,两日以来我已认不出她……(III,3)
⑦ 她甜美的声音,她的童年,她的恩泽,
毫无察觉地继我的敌意
而来……(II,7)
她甚至在他那里看到我不明所以的魅力……(III,3)

到死亡,她感到能够最终与族间仇杀法则断绝;在悲剧中,是亚她利雅走近反悲剧的解决办法:通过提出收留孩子(完全就像皮鲁士要收养阿斯堤阿那克斯),亚她利雅推出了两个血统的一种自由融合,一种对分歧所撕裂世界的合理修复;她要让两个敌对的合法性变成唯一的和新的合法性,将杀婴变成收养,用**选定的**子女(和解的保证)代替**自然的**子女(犯罪的源泉)。

我们知道耶何耶大就是拒绝本身。面对亚她利雅的**开放**,耶何耶大顽强地扭转了族间仇杀的循环,将杀婴转化为弑母,无条件地归顺对称,预言犯罪的无穷世代,强迫亚她利雅自己也回到血统法则中来;不仅因为亚她利雅的拒绝,上帝将其推向先祖之恶,而且因其母耶洗别的行为,上帝用最可怕的毁灭惩罚她:分尸喂狗①。这就是给"孤儿一个父亲"(用拉辛戏剧的最后一个词来说:多么讽刺!)所需要付出的代价。

---

① 群狗享足于他非人的血液,
   丑陋的身体被撕成碎片……(I,1)
   而我只能看到可怕的
   死人骨肉混合,散乱烂泥中,
   满是血和可怕肢解的碎片
   狼吞虎咽的狗群互相争抢。(II,5)

第二部分

说拉辛

Dire Racine

如今的公众似乎纯粹以一种选读的方式消费拉辛。在《费德尔》中,人们看的是费德尔这个人物,而费德尔之外,看的就是女演员本身:她会如何逃脱?我们知道判断一个戏剧批评家所在的年代通常是依据他们看的是哪些《费德尔》演出来确定的。文本成为一堆材料,人们可以从中随兴选择。愉快的诗句和著名的独白从晦暗、无聊的深渊里脱颖而出:人们是因为某个女演员、某些诗句或某些独白才去剧院的;至于剩下的部分,人们则以文化的名义、以过去的名义、以耐心等候诗歌趣味(这种趣味由流传着拉辛神话①的那些世纪确立)的名义去忍受。公众(我不敢说人民)眼中的拉辛,就是这种无聊与节庆的混合,也就是说,它本质上是不连续的场景。

---

① 迈诺斯和帕西法尔的女儿。
　　——如果我恨她,我就不会躲避她。
　　——太阳,我刚刚最后一次看到你。
　　——阿里安,我的姐妹……
　　——维纳斯完全成了他被缚的战利品。
　　——您在,我逃;您不在,我寻。
　　——迷人、年轻,引得众心追随。
　　——我们很难离开特罗曾的大门。
　　——等等。

然而，国立人民剧院中的法兰西剧院①的拉辛朗诵（la diction racinienne，如今日惯常所为），既奉迎又阻碍这一公众口味。说这种措辞奉迎这一口味是因为它为公众呈现了一种不连续的意义，这种意义正好符合我刚才说到的公众的选读意愿；说它阻碍公众口味是因为它宣扬这种割裂的、选读式的意义，即以一种人为的气息支撑这种口味。这一切就好像拉辛朗诵就是两个相反却又虚幻的暴政之间虚假冲突的折中结果：细节的清晰与总体的和谐，心理上的不连续和旋律上的连续。因此，当人们把戏剧同时看作心理戏和清唱剧时，演员和公众都明显感到局促不安。

我要重申的是，拉辛文本的选读式朗诵牵涉的正是布尔乔亚美学的一个传统要素：布尔乔亚艺术是一种细节的艺术。这种艺术基于对世界的量化表征，它相信整体的真理就是构成这个整体的各种特殊真理的总和，例如，一个诗句的含义就是构成该诗句之表达性语词的纯粹和简单累加。然后，以此为尽可能多的细节

---

① 国立人民剧院（TNP）和法兰西剧院是两个独立的剧院。国立人民剧院创立于巴黎的夏佑宫（Palais de Chaillot），受政府津贴支持。1951年，导演让·维拉尔（Jean Vilar）被任命为该剧院的领导者，并颁布了一系列新的戏剧政策，力图革新剧院制度，使戏剧走向普通民众。在20世纪50年代，国立人民剧院是"大众戏剧"运动的重镇。法兰西剧院则代表了另一种类型的戏剧路线，即商业性质的布尔乔亚戏剧，这些戏剧缺乏革新的动力，剧目依据约定俗成的常规和公众的品味而建立。彼时巴尔特代表的《大众戏剧》杂志的美学理想与这种布尔乔亚戏剧针锋相对，此处应该是指将拉辛作品通过选读式朗诵来表现，本质上是迎合资产阶级观众，接受了布尔乔亚美学。详情可查看：马可·科索里尼，《大众戏剧（1953—1964）：一份战斗式杂志的历史》，鲁楠译，中国戏剧出版社，2019。——译注

赋予一个强调性的意义：随着语言之流，布尔乔亚戏剧演员不断介入，他"说出"语词，悬搁效果，时刻提醒此处所言极其重要、有如此这般的隐含意味——这就是所谓的"说"台词。

这种点画派艺术基于一种一般性的幻觉：不仅演员相信其职责就是将心理和语言联系起来，这依据的是不可根除的成见，即认为语词**翻译**思想；而且演员还想当然地认为这些本质上就是分割的、由不连续的要素组成的心理和语言，在互相对应之前就彼此秩序一致，每个词对演员来说都是一个确切的任务（毫无困难），演员不惜一切代价要表现音乐质料与心理概念的相似。这个虚假的相似，只有一个非常贫瘠的表达方式：加重某些词的语气。但在这里，重音显然不再是音乐，它是纯粹知性的：被突出的是含义；演员说出他[所理解]的拉辛，就有点像作家强调或重点标出文本中的某些字词，这是说教手段，绝无美感。

在某种程度上，这种对意指的分割企图撕裂听众的理智活动：演员自以为负有代听众思考的责任。在布尔乔亚悲剧演员与其观众之间有一种特殊的权威关系，这种关系也许可以用精神分析的方式定义：观众就像孩子，演员就是孩子母亲的替代品，演员为观众打理食物，观众只需饭来张口。这是一种在戏剧之外很多其他艺术中也能找到的一般关系。例如，在音乐中，**散板**（rubato）也是一种对细节的夸张表达，用特殊含义代替一般含义，让阐释者替代消费者。可以说，拉辛朗诵在大多数时候都因耽于**散板**而惨遭暴殄。散板缺乏审慎，摧毁了音乐文本的自然含义，同样的，在朗诵拉辛时，对细节意味的过度强调也摧毁了整体的自然意味。说到底，这个被演员嚼烂了的拉辛变得不可理解，因为附加过度清晰的细节倒使整体变得模糊不清：在艺术上也是如此，辩证法要求整体不应是部分的纯粹简单总和。

夸张细节还有一个更不幸的结果：让演员之间的沟通走样。演员完全专注于强调一个又一个细节，就只是对**意指**的某个专制神灵说话，而不再是对人物说话。演员们当然还是会相互注视，但他们不再对话；我们不知道费德尔或希波吕托斯在向谁说爱。但更严重的则是，演员甚至不是在对演员本身说爱；总的来说，演员为我们呈现的剧目实在不是富于戏剧色彩的戏（这需要人物通过真正的呼喊确立自身），也不是抒情诗（这需要用声音憛懂地表达某种深度）。这一切就好像演员不是在与自己或他人搏斗，而是在与某种晦涩的语言搏斗，演员的唯一任务就是让语言变得好懂些。对拉辛的阐释还没有进入成熟状态：它只是对翻译的狂热练习，而不是表现人与人的关系。

在拉辛这个例子中，小块意指的过度膨胀让挑出这个意指的演员非常尴尬，因为如果演员要服从拉辛式神话，就必须同时牺牲细节的清晰和整体的和谐，既要将文本粉碎成多种多样意味深长的效果，又要将文本联结成大体悦耳的音调。我们知道拉辛在悦耳上的构思有多么神圣：应该同情被这不可捉摸之幽灵控制的演员，而这个幽灵还要求演员保持诗句、唱出元音和颤出尾音，总之，要像有一个总谱那样组织话语。

这里，毛病还是出自过度拘泥细节。古典艺术是有音乐性的，但其中音乐是由完全确定的技术承担：十二音节诗。古典十二音节诗明明白白地穷尽了语言的所有音乐性，但一种神密的音乐给十二音节诗增添了一种类似于散板的不审慎，这种神密音乐不是来自诗句的科学性，而是来自演员。十二音节诗从技术上就被定义为音乐功能，所以不需要再以音乐的方式说出十二音节诗；十二音节诗不要求演员具有音乐性，反而是免除了演员［表现音乐性］的责任。说到底，十二音节诗不需要演员有才华。就像在所有成系统的戏剧中，规则公然取代主体性，技术公然取代表达。在东方戏剧中，古典规则的严格与动作服饰象征的强制体系紧密相关，它们在此都是为了让演员**筋疲力尽**，为了让演员的知识取代他们的灵感①：想象一个中国戏剧演员冒失地将敬重古代象征与借自我们自然主义的个人表达结合起来？在所有这些艺术中，当技术系统性地占据表达的位置，演员的才华就只能是对这个技术的完美掌握以及对完成这个技术（在限制和目的两层意思上）的意识：一个懂得十二音节诗的拉辛戏剧演员就不会去唱十二音节诗；如果我们让十二音节诗自由发挥，自由表达其本质，它就会自己唱出来。

　　这些问题非常重要，因为在像古典悲剧这样"遥远"的语言中，朗诵的选择在很大程度上决定着阐释的选择。可以说，一旦我们选择了"说出"拉辛戏剧的方式，拉辛就没什么可阐释的了；或者更确切地说：一种"遥远"的朗诵自然会引发悲剧阐释。这就是我从国立人民剧院上演的《费德尔》②中得到的教训，大体可以说，在这部剧中两种风格相互冲突。同样的，谈起玛丽亚·卡萨

---

　　① 十二音节诗显然是一种分隔的技术，即有意将能指和所指分开。通过在我看来的真正误解，我们的演员不断努力缩减这种距离，努力将十二音节诗变成**自然**语言，或者将诗歌散文化，或者反过来将诗歌音乐化。但十二音节诗的实际情况既不是自我摧毁也不是自我升华：它就在其间距中。

　　② 夏佑宫，1958，让·维拉尔执导。

尔（Maria Casarès，饰费德尔）和屈尼（Cuny，饰忒修斯）的阐释，这只不过是将自然主义的朗诵与悲剧的朗诵对立起来。

玛丽亚·卡萨尔在国立人民剧院上演的《费德尔》中颇为冒险且多有迷失。但首先要说的是，费德尔是否是一个好角色还完全不能肯定；甚或，费德尔是一个不那么融贯的角色、一个分裂的角色，她既是一个心理角色（以拉辛式"情人"的方式，如赫耳弥俄涅或罗克桑娜），又是一个悲剧角色（我所理解的悲剧角色与诸神的沟通是决定性的）：费德尔一会儿有罪（这揭示出地道的悲剧色彩），一会儿嫉妒（这揭示出世俗的心理学）。这种混合见证了拉辛晚期戏剧的含混特征，悲剧元素与心理元素不相上下，而且这种匹敌不间断也不和谐，就好像拉辛从未在严格悲剧与布尔乔亚富于戏剧色彩的戏之间做过选择：拉辛从未写过严格悲剧，但他在自己的大多数剧作中都留下了过分雕琢的严格悲剧的痕迹；而拉辛为之后几个世纪创立了布尔乔亚戏剧，《安德洛玛刻》《伊菲革涅亚》就是其中的集大成者。

可以确定的是，在后来的拉辛戏剧中，上帝（或诸神）的重要性是增长的：拉辛的上帝显得越来越强大，因为这个上帝越来越遭人恨。在某种意义上，费德尔就是这种仇恨的最后见证者之一，正因此费德尔与压迫她、摧毁她（维纳斯）的诸神有联系，但同时她还是（相对于安德洛玛刻）且已经是（相对于布尔乔亚戏剧的所有女主人公）一个嫉妒和玩弄阴谋的情人。一方面，费德尔的不幸见证了**命运**，她像在古代悲剧中一样是一个没有自由的情人；但另一方面，这个不幸是由某种活动（而不只是由某种意识）承担的：费德尔**制造**了自己的命运，她在俄诺涅（像所有亲信那样，俄诺涅代表着反悲剧精神）的压力下**使**手腕。此外，我们还能在另一层面看到同样的含混，同样的审美混杂：《费德尔》是一部关于秘密的悲剧，但也是一个关于爱的诗篇。从拉辛反古代传说而行之，将希波吕托斯变成情人之时起，悲剧的衰退就不可避免。

因此，费德尔是很难演的，因为这个人物不是在心理上而是在审美上被分裂。玛丽亚·卡萨尔将其中一个要素（心理要素）表演得淋漓尽致，我想玛丽亚·卡萨尔正因此是搞错了：她的阐释本质上是理性主义的，因此她将激情演成疾病而不是命运；在玛丽亚·卡萨尔的角色里显然再没有任何与诸神的关联。但与此同时（正是在这里出现了对于重要批评来说值得惋惜的缺陷），这种爱情病没有任何实质，激情只是爱情病固有的奇特意识：根本看不到将费德尔与希波吕托斯结合起来的关系是什么；我们看到费德尔坠入爱河，但她爱的并不是希波吕托斯，因为玛丽亚·卡萨尔演的费德尔只会自己思量。简言之，玛丽亚·卡萨尔阐释的不幸悖谬在于将费德尔变成了一种所谓的**歇斯底里意识**，这对所有人（绝无遗漏）来说都是不讨喜的：因为歇斯底里应该让支持者在费德尔与她的激情之间拉开一个悲剧（而不是病态）的距离，玛丽亚·卡萨尔演费德尔就像是她个人也牵涉其中；而费德尔的反思特征则会使钟情于实质和当下激情的爱好者大失所望。

维拉尔的导演则如同完全的无政府状态，极不照顾玛丽亚·卡萨尔，因为如果有角色应由导演负责的话，那就是费德尔这个角色，原因即我刚才提到的审美分裂。相反，忒修斯这个角色则毫无天然障碍，可以说这个角色的地位完全得益于看不见的导演。实际上，忒修斯是那种**只需露脸的角色**，其本质就是出现，因为其现身就足以改变人物关系。简单构成了忒修斯这个角色，就像分裂构成了费德尔这个角色。但这不妨碍屈尼的成功得自于某种个人力量：他在拉辛戏剧的决定性考验中获得成功，那就是"朗诵"。这个成功来自两个去神秘化：屈尼不分割含义，他不去唱十二音节诗；他的朗诵就是由纯粹和简单地**在此**说话确立的。

在古典悲剧中，话语是由所指和能指的极大不相称确立的。例如，一大段台词只有三四处在语义上列举事实，好像悲剧语言只是要表现态度的变化，而不是态度本身。屈尼似乎懂得悲剧是由一些静止的重大计划、一些平台①推动的，他不"发"话、变调和重音，他只在自己的话语中清楚地表明最重大的改变。简言之，他的朗诵是**整合的**（即整块表达）。

这种整合性（Massivité）在本质上产生两个后果：首先，拉辛的话语最终是完全可理解的，语言的模糊性、格律导致的句法之矫揉造作都消失在主要意图之中。其次，心理状态被甩远了：忒修斯不是让奸妇戴了绿帽子的丈夫（这些项不断威胁着对拉辛戏剧的整个诠释）；他本质上是一个悲剧功能，对他来说秘密是存在的，也是因为他，（甚至且尤其是不在场的）犯罪一般趋向的确定中心才会揭露出来。屈尼扮演的忒修斯是真的与诸神有关，他真的是地狱式的存在，他熟悉死亡，他具有异乎寻常的、会思考的兽性，他向自己家人的"心理状态"（激情、谎言、内疚和叫喊）抛出一个来自九泉之下的眼神。与此同时，悲剧最终建立。因为诸神是悲剧本身的规定性：要上演悲剧，只需好像诸神存在似的，好像人们看到了诸神，好像诸神说话了。然而，自我与人言的差距是多么远啊！

---

① 在我们的教学中所实践的文本解释，就在于指出这些平台的特征，即从大量能指中提取隐藏其中的唯一所指。

所有这些问题，所有这些困难，甚至所有这些不可能性，维拉尔显然都撒手不管。可以说他要了最恶劣的手腕：**拉辛，不属于戏剧，而且我证明了这一点**。但尽管任其自然，维拉尔也不能忽视的是：没有他，被加工的《费德尔》也完全不会是一部消极的《费德尔》，一个不可能性的证据；而是相反，没有他，《费德尔》将会是一个包含着所有过去偏见的沉重的《费德尔》。对维拉尔的惩罚，不是批评界本来早就该公开肯定维拉尔对拉辛的拒绝但却保持了沉默，而是维拉尔观众的被动性，这些观众赞许无署名的演出。蓬斯－皮拉特（Ponce-Pilate）不是一位不置可否的先生，他是一位说"是"的先生；维拉尔撒手不管，就是向整个拉辛神话说"是"。在这场不负责任的演出中，我们认出了其中古老而卓越的譬喻标志：悲剧中昏暗的帷幕，万能的座位，各种面纱，各种褶子，好像总是被巴黎高级时装复核过的古董厚底靴，以及不着调的姿态，举起的手臂，怯生的目光。因为就像存在着某种大兵闹剧，拉辛有古老的民间创作基底；如果每个演员本色出演，他们就会自然而然地获得这种效果：维拉尔的导演除了这种许可，别无他技。

不过，这里有害的是拉辛神话。历史尚未完成，我们仅知道拉辛与伏尔泰同时代，我们可以假设这是一个历史上的布尔乔亚神话，而我们今天还能看到继续为之背书的是何种批评和观众。拉辛当然是一个非常混杂、可以说巴洛克式的作者，即真正的悲剧因素与已然生机盎然的未来布尔乔亚戏剧萌芽毫不和谐地混在一起；他的作品剧烈分歧，审美上不可调和；这些作品远不是洋溢着某种艺术的巅峰之作，它们甚至属于过渡作品的类型：生与死在其中相互争斗。拉辛神话在本质上生来是一种安全的操作：重要的是让拉辛变得容易接近，是去除他的悲剧部分，是让他和我们一样,是跟他一起在古典艺术的高贵沙龙里找到我们自己,但在家庭中,重要的是给予布尔乔亚戏剧的种种主题以某种永恒的身份,是借心理剧的声望传递悲剧的伟大——不应忘记,悲剧原本是纯粹的公民剧:在这里,永恒取代了城邦。

  我不知道今天是否还能上演拉辛戏剧。也许,在舞台上,拉辛戏剧已死去四分之三。但如果我们要尝试,必须严肃为之,必须坚持到底。第一个艰辛就是驱散拉辛神话,驱散拉辛戏剧的譬喻伴随物(单纯、诗歌、音乐、激情等);第二,不要再让我们在戏剧中寻找我们自己:在拉辛戏剧中找到的我们,既不是拉辛的也不是我们自己的最好部分。就像古代戏剧一样,更多、更好关涉我们的是拉辛戏剧的奇特性,而不是它的通俗:拉辛戏剧与我们的关系,就是它与我们的距离。如果我们想留住拉辛,我们就要远离他。

第三部分

历史还是文学？

Histoire ou littérature?

法国无线电广播曾有一个既幼稚又感人的节目:感人,是因为该节目想要向广大听众表明不仅有音乐的历史,历史与音乐还有各种关系;幼稚,是因为这些关系好像在某个单一历史事件中就耗尽了。节目中说:"1789:普遍国家的召唤,回忆内克尔(Necker①),B.加路比 C 小调 4 号弦乐协奏曲",无法知悉节目主持人是要让我们相信回忆内克尔与加路比(Galuppi②)协奏曲有某种类比关系,还是要暗示我们二者都是同一个因果整体的一部分,或是相反,是要引起我们对某种扎眼共存的注意,就好像应该让我们衡量协奏曲与革命的所有差异;再不济,节目将拉乌格(Hougue③)海战失利与科雷利(Corelli④)奏鸣曲、杜美(Doumer⑤)

---

① Jacques Necker,法国路易十六的财政总监与银行家。1789 年,内克尔开始组织召集三级会议,主张把第三阶层的代表翻倍来满足人民的要求,但是他的政策无法防止法国大革命的爆发。——译注

② Baldassare Galuppi,18 世纪威尼斯作曲家。——译注

③ 法王路易十四在位期间发生的大同盟战争中进行的一场海战。——译注

④ Arcangelo Corelli,巴洛克时期最有影响力的意大利小提琴家和作曲家,他几乎只为弦乐器创作,音乐史上人称"现代小提琴技巧创建者""大协奏曲之父"。——译注

⑤ Paul Doumer,法兰西第三共和国第 14 任总统,1931 年上任。——译注

当选总统与奥涅格（Honegger①）的《世界之呼喊（Cri du monde）》扯在一起的可笑方法，就是要以历史为借口，恶毒地向我们表明审美产品的紊乱和整个历史的虚浮。

先不管这个节目了；这个节目的幼稚只不过是向广大广播听众提出了历史与艺术作品关系的老问题：从有时间哲学（即19世纪）开始，人们就通过各种偶然和考究积极争论这些问题。以下是这些问题的两个大陆：一边是世界，丰富的政治、社会、经济、意识形态事实；另一边是作品，表面上孤立，但总显得模糊不清，因为能同时引起多种意味。理想的状态当然是：这两个大陆能有互补的形式，尽管在地图上远远相隔，通过某种理想的转移，还是能够拉近它们，让它们彼此嵌套，就像魏格纳（Wegener②）将非洲和美洲拼贴在一起。不幸的是，这只是梦想：形式会进行抵抗，或更糟糕，它们不会调整到同一节奏。

说实话，直到现在，这个问题只在构造性哲学（如黑格尔、丹纳［Taine③］、马克思的哲学）的启发下才算被解决。在这些系统之外，出于某种知识，出于某种可敬的精巧，［世界与作品之间］有无数的接合，但这些接合似乎都毫无节操，它们总是支离破碎，因

---

① Arthur Honegger，出生于法国的瑞士作曲家，法国六人团成员，其最著名作品是模仿蒸汽车头声音的管弦乐交响乐章"太平洋231"。——译注

② Alfred Wegener，德国地质学家、气象学家和天文学家，大陆漂移学说创立者。——译注

③ Hippolyte Taine，法国哲学家、历史学家，实证史学的代表。著有《拉封丹及其寓言》（1854）、《19世纪法国哲学家研究》（1857）、《论智力》（1870）、《现代法兰西渊源》十二卷（1871—1894）、《意大利游记》等。——译注

为文学史家一接近真正的历史就言简意赅:从一块大陆到另一块大陆,仅仅交换几个信号,强调几个默契。但最重要的是,对这两块大陆的研究各自为政:两种地理学并不畅通。

以下就是一部文学史(不管哪一部:我们不做排行榜,我们只反思某种身份),这部文学史除了人名根本没有历史:这就是一系列专题,每个专题差不多只包含一个作者及对这个作者的研究;在这里,历史就只是单个人的接续;简言之,这不是历史,这只是编年史;当然,也有对种类或学派进行概述的努力(越来越多),但这永远是文学本身的边角装饰,这是在走入历史超验性时的穿靴戴帽,是主菜前的开胃菜:作者。整个文学史由此把我们带到一个封闭的批评序列:历史与批评毫无区别;我们可以在毫无方法变动的情况下,从蒂埃里·莫尼埃(Thierry Maulnier)的《拉辛》转到安托万·亚当(Antoine Adam)在《17世纪法国文学史》中关于拉辛的章节:只有语言的变化,没有视角的变换;一切都来自拉辛,并以不同方式扩散,这里朝向诗歌,那里朝向悲剧心理:文学史充其量只是作品的历史。

可以是别样的吗?在某种程度上,可以:在作品本身之外,文学史是可能的(我马上论及)。但无论如何,文学史家对明确地从文学进入历史的普遍抗拒告诉我们:文学创作有特殊的身份,我们不仅不能将文学看作某个任意的其他类型的历史产物(这是合情合理的),而且文学作品的这个特殊性在某种程度上与历史背道而驰,简言之,文学作品本质上是悖谬的,它既是某个历史的符号,也是对这个历史的抗拒。我们的文学史或多或少清楚显示出来的正是这个基本的悖谬;所有人都能感觉到作品丢失了,与文学史本身、作品来源的总和以及作品的影响或模式相比,文学作品是**另外一回事**：它在种种事件、状况和集体心理的不明确总体中有一个不可化约的硬核；这就是为什么我们从来没有把握到文学史，而仅仅是文学家的历史。总之，文学中有两个假定：在文学作为制度的范围内，假定文学是历史的；在文学作为创作的范围内，假定文学是心理的。因此，研究文学必须有两个在对象和方法上不同的学科：在第一种情况中，对象是文学制度，方法是对其最近发展进行历史研究；在第二种情况中，对象是文学创作，方法则是心理考察。必须立即说明的是，这两个学科的客观性标准完全不一样；我们种种文学史的所有不幸就在于把它们混在一起，不断充斥着来自历史既成菜单的文学创作，并混淆出于争议性定义的心理预设与最严格的历史考量①。面对这两个任务，我们在此除了要求一点井然有序以外别无他求。

150　　不要向历史要求其所能给予之外的东西：历史从来不会告诉我们作者在写作时发生了什么。把问题反过来问会更有效，去问问一部作品向我们传递了什么时代信息。所以，果断将作品视作档案，视作某个活动的独特痕迹，这个活动的集体面向才是眼下我们感兴趣的东西；一言以蔽之，能够成为历史的，不是文学，而是文学功能。对于这个考察而言，我们有一个尽管看起来仓促但

---

① 马克·布洛赫（Marc Bloch）已经就某些历史学家说过："如果一个人类行为的确发生了，这与确信有什么关系？他们不懂得在这个研究中保留足够的顾虑。这个行为是通过理性而来的吗？只要有一点表面现象就能让他们满足；照例基于平庸的心理学箴言之一，与其反面一样既不真也不假。"（《历史学家的职业[Métier d'historien]》，第 102 页。）

却便利的导引:克劳德·皮舒瓦(Claude Pichois)在某个我们感兴趣的问题上①转述的吕西安·费夫尔(Lucien Febvre)的一些见解。要勾勒缺陷的轮廓、确定任务,只需将这一历史纲领中的种种要点与拉辛批评(最活跃的批评之一——我们已经说了,在文学方面,历史和批评仍是混淆不清的)里某些最新研究相比对就足够了。

吕西安·费夫尔的第一个建议是关于社会环境的研究。尽管这是一种批评潮流,但这个表达却显得并不那么确定。如果这个社会环境涉及作家周围那些非常有限的人群,而这些人群中的每个成员都几乎为人所知(作家的父母、朋友和敌人),拉辛的社会环境通常是至少在环境方面已经描述得很清楚的;因为关于社会环境的研究往往只不过是对二流传记的书评、关于某些交往甚或"不和"的逸闻趣事。但如果我们以一种更为有机、匿名的方式理解一个作家的社会环境,将其理解为一个运用思想、隐含禁忌、"自然"价值和物质利益的场所,而这些思想、禁忌、价值和利益都属于由一些相同或互补功能真实联结起来的特定人群(简言之,就像某个社会阶层),对这种社会环境的研究则更为罕见。对于拉辛生涯的主要部分而言,他参与了三种社会环境(常常是两种社会环境同时存在):皇港、宫廷和戏剧。对于前两个社会环境,或更确切地说,对于前两个社会环境的交叉(对拉辛来说重要的正是这一点),我们有让·波米耶关于格拉蒙(Gramont)女伯爵的

---

① Cl. Pichois,《19世纪上半叶巴黎的阅览室(Les cabinets de lecture à Parie durant la première moitié du XiX^e siècle)》,《年鉴》,1959年7—9月,第521—534页。

冉森派和世俗社会环境的研究,我们还知道吕西安·戈德曼关于冉森派"右翼"的社会和意识形态分析。对于戏剧社会环境,据我所知,信息量很少,要么就是无关紧要,没有什么综合性;在这里,传记事实比任何其他都更使历史事实黯然失色:拉辛是否与杜帕克(Du Parc)有一个女儿？这个问题让人不再去探寻戏剧社会环境的用法,更不要说去探寻这些社会环境的历史意义。从这适量的总结来看,我们立刻就能抓住其中的缺陷:通过一部作品或一种生活触及某个社会环境的一般性是极为困难的,一旦我们向所研究的群体要求某种稳定性,个体就会消退;说到底,这也几乎是不必要的,即便这并不碍事。吕西安·费夫尔在《拉伯雷》中着实瞄准了某个社会环境,但拉伯雷是其核心吗？完全不是;拉伯雷更是论战的一个出发点(这个论战是吕西安·费夫尔的苏格拉底恶魔),一个对16世纪无神论重新进行十分现代阐释的充满激情的借口;总之,一个凝聚者。但如果我们给予作者过多关注,如果我们在观察天才的时候大献殷勤,整个社会环境就散落成逸闻趣事、文学"漫步"①。

关于拉辛的观众(吕西安·费夫尔研究纲领的第二点),有许多出人意料的评注和珍贵的数字,这是可以理解的(尤其在皮卡

---

① **皇港**(*Port-Royal*)被如此多地谈论,圣伯夫(Sainte-Beuve)功不可没,他在其中描述了一个真实的场所,在那里,任何形象都没有特权。(圣伯夫曾在其著作《文学肖像》中专章撰写了《拉辛》一文,其中多次将"皇港"[即波尔罗亚尔修道院]与拉辛的创作联系起来,还编写了多卷本《皇港[Port-Royal]》,囊括了大量史料,其中包含修院历史、修女和隐士信件以及各种口述传统,是研究冉森派的重要文本。——译注)

尔那里），但没有任何新近的综合，问题的根本还是让人捉摸不透。谁去看了演出？要读拉辛批评，可以选择科尔内耶（Corneille，装点门面）和塞维尼（Sévigné）女士。但还有谁呢？宫廷和城市，这曾经是怎样的？还有这些观众的社会形态，我们感兴趣的是这些观众眼里戏剧的功能本身：消遣？梦想？认同感？距离感？附庸风雅？这些因素的配比是怎样的？与离我们最近的观众做一个简单的比较就能提出真正的历史问题。有人顺便提及《贝雷尼丝》在赚取眼泪上大获成功。但谁在剧院流泪？我们希望《贝雷尼丝》的眼泪告诉我们关于那些挥洒这些眼泪的人的信息，与告诉我们使这些人流泪的人的信息一样多，我们希望有一个关于眼泪的历史，我们希望有人以此为基础展开描述，并逐步争取描述其他特征，以至于描述时代的全部情感（仪式性的或真实心理的？），正如葛兰言（Granet）构造中国古典时期丧葬表达的方式。这个主题被无数次提及，却从未被真正开垦，但它关涉我们文学的明星世纪。

（吕西安·费夫尔指出的）另一个历史对象：观众（及其作者）的智识构成。然而，我们得到的关于古典教育的种种迹象是散乱的，这些迹象无法让我们重构以整个教育学为前提的精神体系。有人告诉我们（还是顺便提及）冉森派的教育是革命性的，他们教授希腊语，课堂上是法语授课，等等。可不可以再进一步，或者进入到细节（如：某个课堂的"亲身经历"），或者进入到［冉森］系统深处，进入到［冉森］系统与日常教育的接触（因为拉辛的观众并不都是冉森派）？简言之，可不可以尝试去做一个法国教育的历史（哪怕是局部的）？无论如何，在这些文学史的层面上，空白是特别明显的，这些文学史的角色正是要给我们提供作者身上所有并非作者本身的东西。事实上,对来源的批评在真正培育性的社会环境上显现出一个可笑的兴趣,即对培育青少年的兴趣。

也许某个详尽无遗的图书目录可以在所有这些方面为我们提供我们所要求的要点。我只想说进行综合的时刻到了,但这个综合永远也不会在现在这个文学史范围内完成。实际上,在这些空白背后,有一个缺陷——只是从某种角度上来说,而不是提供信息,这个缺陷是根本的:作者被赋予"中心"特权。然而,是拉辛将历史传唤到他面前和周围,而不是历史引述拉辛。其原因(至少有形的原因)是清楚的——拉辛研究主要是学院研究,因此,这些研究(除了使用有限的借口)不能超出高等教育本身的范围:一边是哲学,另一边是历史,再远就是文学;这些学科之间交流越来越多,能够越来越好地相互认知;但研究的对象本身还是预先由过时的范围决定,与新人文科学应该产生于人的观念越来越背道而驰①。结果是沉重的:当人们去适应作者,将文学天才作为观察的中心本身,就将历史特有的对象搁置于模糊和遥远的区域,只会偶尔或附带地触及这些对象;最好的情况也就是标明这些对象,期待别人日后处理这些对象;从而,文学史的要素也就无人继承,同时被历史和批评遗弃。可以说在我们的文学史中,人(作者)在历史化历史(l'histoire historiante)里占据事件的位置:在另

---

① 很明显,教学范围依据的是其时代的意识形态,但会有各种各样的延迟;在儒勒·米什莱(Jules Michelet)开始法兰西公学院课程的时代,学科的划分,或更确切地说,学科的混乱(尤其是哲学和历史)就非常接近浪漫主义意识形态。而如今呢?框架炸裂了,我们可以从某些迹象看到这一点:人文科学以新院系之名加入文科,以及高等研究院的教学工作。

一层面上，虽然人有待被认识，但却阻挡了整个前景；虽然它本身真实，却会促成错误的幻象。

且不说那些不知名的主体，那些等待垦荒者的广阔土地，可以看看皮卡尔已经开发得极好的那个主题：17世纪下半叶的文人状况。皮卡尔从拉辛开始（不得不以此为出发点），只为此做出了一个贡献：对皮卡尔来说，历史仍然是描写人物不可避免的素材；皮卡尔看到了主体的深处（他的前言在这点上毫不含糊），但这仍只是一个应允之地；作者优先权让皮卡尔不得不同样关注十四行诗事件（l'affaire des Sonnets①）和拉辛的收入，皮卡尔迫使读者四处寻找他已发现大有裨益的社交信息，但他还只不过是在向我们提供拉辛的状况。但拉辛的状况真的是典型吗？其他人呢？包括且尤其是那些二流作家呢？皮卡尔确实一直拒绝心理阐释（拉辛是"野心家"吗？），但拉辛这个人物还是不断重现和萦绕。

关于拉辛，还有很多其他态度需要研究，这些其他态度本身构成吕西安·费夫尔研究纲领的最后一点：所谓集体精神状态的事实。内行的拉辛研究者本身已经顺带提及这些事实，他们指望日后人们在拉辛之外的研究中去探索这些事实。让·波米耶主张对拉辛神话进行历史研究，很容易想象这个历史会为心理学带来怎样珍贵的光明，这个历史简单来说，就是从伏尔泰到罗伯特·肯普（Robert Kemp）的布尔乔亚的历史。A. 亚当、R. 雅辛斯基（R. Jasinski）和J. 奥西巴尔（J. Orcibal）则提请注意趣味，可以说是17世纪譬喻的制度性用法：集体精神状态的典型事实，在我

---

① 指17世纪，在反《费德尔和希波吕托斯》（1677）的过程中，拉辛的朋友和敌人相互间交换十四行诗的事件。——译注

看来,比关键问题本身的真实性更加重要。让·波米耶还提出了关于 17 世纪想象(尤其是化身主题)的历史。

可以看到这里并不缺乏我们认为的那些必要的文学史任务。我还看到由读者的简单经验提出的其他任务。例如:我们对古典修辞没有任何现代研究,人们通常把思想的种种形象打发到学究式形式主义的博物馆,就好像这些形象在耶稣会神父①的论文之外不存在;拉辛就有许多这样的形象,他被认为是最"自然"的诗人。然而,通过这些修辞形象,语言强加了对世界的完全划分。这揭示了风格?语言?二者皆否。这实际上涉及真实的机制、世界的**形式**,与画家那里空间的历史表征一样重要:不幸的是,文学还需要等待它的弗朗卡斯特尔(Francastel②)。

什么是文学?这个问题除了在哲学家那里会提(甚至不在费夫尔的研究纲领中),别处都不会提,这也许足以让文学史家对其不屑一顾。我们只是要得到一个有关历史的回答:对于拉辛及其同时代人,文学(况且这个词不符合时代)曾经是什么?文学到底被赋予何种功能?文学在价值等级中位居何处?等等。老实说,不首先考察文学的存在本身就去做文学史,这是不可能的。毫不夸张地说,也许更甚,不首先考察文学观念本身的历史也不可能做文学史。然而,这种承担着最不自然价值之一的历史**存在论**无处可寻。而我们并不觉得这个缺憾总是单纯的:如果我们仔细考察文学中的偶然事件,就不会对文学的本质产生疑问;总的来说,

---

① 例如,可以参见拉米(Lamy)神父的《说话的修辞或艺术》(1675)。

② Pierre Francastel,法国艺术史学家、艺术评论家,是 20 世纪艺术史研究主要人物,是艺术社会学的奠基人之一。——译注

写作看起来像吃饭、睡觉或繁衍一样自然，并不值得去研究这样的历史。所以，这样单纯的句子，这种判断的反思，如此的沉默，注定为我们见证这样的预设：我们当然不应该依据我们自己的问题，但至少以一种永恒文学的眼光来解读拉辛，对于这种永恒文学，我们能够且应该讨论其出现的模式，而不是其存在本身。

不过，重置于历史中的文学之存在不再是一种存在。这时文学被去神圣化，不过，在我看来文学依然是丰富的；文学重新成为具有相对形式和功能的伟大人类活动之一，费夫尔总是主张对这些活动进行历史研究。因此，历史只能安放在文学功能（生产、交流、消费）的层级上，而不是参与其中的个体层级上。换言之，只有变成社会学，关注活动和机制而不是个体，文学史才是可能的①。我们可以看到费夫尔的研究纲领将我们引致何种历史——与我们所知的文学史正相对，尽管有些材料还可以在其中找到，但组织方式和含义都是相反的：作家在此只被看作超出个体之机制性活动的演员，就像原始社会中巫师参与魔法功能一样；没有任何成文法则规定这个功能，它只能通过执行它的个体把握；而只有功能才是这门科学的对象。所以，这涉及让我们所知的那种文学史获得一种彻底的改变，类似于让皇家编年史转变为真正的历史。用某些新的历史要素补充我们的文学编年史，这里一点新的原始资料，那里一点面目翻新的传记，这是毫无用处的：要打破框架、转化对象。要让文学与个体一刀两断！我们看到这里有痛苦，甚至是矛盾。但只有以此为代价，文学史才是可能的；必须被

---

① 关于这个主题，参见：I. Meyerson，《心理功能与作品（*Les Fonctions psychologiques et les Œuvres*）》，Vrin，1948，第 233 页。

置于其机制边界,文学史才能成为真正的历史①。

现在,让我们放下功能的历史,着手创作的历史,后者是我们所拥有的文学史中永恒的对象。拉辛在《费德尔》之后就不再写悲剧了。这是事实,但这个事实反映其他历史事实吗?可以推而广之吗?不太可能,这个展开尤其会在深层进行;为了给这个事实以意义,不管是什么意义(人们已经有过非常丰富的想象),必须假设拉辛有一个基底、一个存在,这是在世的存在,总之,必须触及一种**无见证**的材料,即主体性。客观地了解文学制度对拉辛的作用是可能的,但当人们想在拉辛那里撞见创作的运行,就不可能认为具有同样的客观性。这是另一种逻辑,这有其他的限制,另外的责任;这涉及阐释作品与个体的关系:如何不参照心理学阐释这种关系?这种心理学又如何能够是批评家**选择**之外的事物?简言之,对文学创作的所有批评,不管自称如何客观或局部,只能是系统性的。对此没什么好抱怨的,仅须要求系统的豁免。

不预设作品与作品外某事物之关系的存在,就几乎不可能触及文学创作。长久以来,人们都认为这是因果关系,即作品是**产物**;因此,就有批评的种种概念,如**来源**、**生成**、**反映**,等等。对创

---

① 戈德曼很好地看到了这个问题:他试图将帕斯卡尔和拉辛放在同一个视野(vision)中,而世界观(vision du monde)的概念在戈德曼那里明确是社会学的。(戈德曼在《隐蔽的上帝》一书中将帕斯卡尔的《思想录》与拉辛的《安德洛玛刻》《布里塔尼居斯》《贝雷尼丝》《费德尔》四部悲剧放在一起研究。——译注)

作关系的这种表征已经显得越来越站不住脚:原因说明要么只触及作品微不足道的部分,这种说明不值一提;要么提出整块关系,以至于其粗糙程度会激起无数反对(普列汉诺夫,贵族与小步舞曲)。由此,产物观念逐步让位于符号观念:作品就是作品本身之外某事物的符号,所以批评就在于解码意指、发现意指的项,尤其是隐含用语以及所指。目前,至少当吕西安·戈德曼专注于历史所指的时候,他给出了所谓意指批评中最有推动力的理论;因为如果人们坚持心理所指的话,精神分析和萨特的批评就已经是意指批评了。这涉及一个展示作品的一般运动,不是将其展示为某个原因的结果,而是某个所指的能指。

尽管博学者的批评(简单说就是学院派?)主要还是忠于**生成**观念(有机的,不是结构的),但拉辛注释恰恰倾向于将拉辛解读为诸意指的系统。从什么角度呢?从譬喻(依作者不同,或从关键问题,或从影射)的角度。我们知道拉辛引起今日对历史(奥西巴尔)或传记(雅辛斯基)"关键问题(clefs)"的整个重构:安德洛玛刻就是杜帕克吗?俄瑞斯忒斯就是拉辛?莫妮姆就是尚梅兰(Champmeslé)?《以斯帖》中的年轻犹太人塑造的是图卢兹女童修会中的女孩们?亚她利雅就是纪尧姆·德·欧朗日(Guillaume d'Orange)?等等。然而,不管譬喻多么严格或模糊,譬喻本质上就是意指,它重新接合能指和所指。我们不再回去追问将譬喻语言作为时代事实研究是否比研究这些关键问题之可能性更有趣。我们仅研究这一点:作品被视作某事物(在这里是此般政治事实,在那里是拉辛本人)的**语言**。

准确地说,辨读一种未知(没有类似罗塞塔[Rosette]石碑那样的证据文献)的语言,除非诉诸种种心理预设,否则,无聊是不

158

大可能的。意指批评只要在严格或谨慎上稍作努力,阅读的系统特征就会在各个层面显现出来。首先,在能指本身的层面。究竟是什么在意指?一个词?一句诗?一个人物?一种处境?一个悲剧?整部作品①?在完全归纳性的平台之外(即在确定能指之前,不首先确定所指),谁能决定所指?还有这个更为系统性的问题:怎么处理作品中人们认为无所意指的那部分?类比是张大网:拉辛话语中四分之三都是漏网之鱼。一旦着手意指批评,如何中途停止?所有无意指的部分都要打发给创作的某种神秘炼金术,在某个具有科学严格性的金句上耗费精力,然后剩下的都懒洋洋地丢给艺术作品的某个完全魔法式的概念?意指能给出什么**证据**吗?事实线索的数量和汇合(奥西巴尔)?人们于此达到的甚至不是极有可能的,而是说得过去的。某种表达的"成功"(雅辛斯基)?这是一种别具一格的预设:从一个诗句的质量推断诗句所表达的实际情感经验。所指系统的融贯性(戈德曼)?在我看来,这是唯一可接受的**证据**,整个语言是一个十分协调的系统;但因此为了这种融贯性能够显现出来,需要将其扩展到**整个**作品,即接受整体批评的冒险。由此,意指批评的客观意图处处都会因整个语言系统本质**任意性**的身份而受挫。

---

① 查理一世将自己的孩子托付给英格兰的昂里埃特(Henriette)时,他是这样说的:"这是我能给您的最昂贵的抵押。"而赫克托将自己的孩子托付给安德洛玛刻时,是这样说的:"我把孩子给您,作为我信仰的抵押。"R. 雅辛斯基由此看到一个重要的关系,他得出一个来源、一种模式。为判断这样一个意指的可能性(这也极有可能只不过是巧合),必须求助于马克·布洛赫在《历史学家的职业》中(第60页)的讨论。

在所指层面也是同样任意。如果作品指称世界,那么意指会止于世界的哪个层面呢?现实层面(对《亚她利雅》来说,就是英国复辟)?政治危机层面(对《米特里达特》来说,就是1671年的土耳其危机)?"舆论动向"层面?"世界观(vision du monde)"①层面(戈德曼)?而如果作品指称作者,同样的不确定性重演:所指应放在人的哪个层面?生平状况?激情?时代的精神状态?古典类型的**心理**(毛隆)?每个阶段的决定,与其说是根据作品,不如说是根据人们所习惯的对心理或世界的偏见。

总之,对作者的批评是一种不敢自称符号学的符号学。如果对作者的批评敢于自认是符号学,它至少会知道自己的局限,会公开自己的选择;这种批评会知道它应该对两种任意性予以重视,从而接受它们。[这两种任意的]一方面是对于能指来说,总是有多种可能的所指:符号永远是模糊的,辨读永远是一种选择。在《以斯帖》中,被压迫的古以色列人是新教徒?冉森教徒?童女修会成员?还是失去救赎的人类?**嗜厄瑞克透斯**(Érechtée)**之血的大地**,这具有神话色彩吗?还是这只是拉辛特有的矫揉造作的表达方式或幻想片段?米特里达特的缺席表示对现世国王的放逐还是表示神父有威胁的沉默?一个符号有多少所指!这并不是要说衡量每个所指的可能性是徒劳的,而是要说我们最终只有

---

① 戈德曼在《隐蔽的上帝》中使用 vision du monde 这个概念,中文世界有译为"世界观""世界视域""世界视野"等,这一概念与一般的"世界观"(即从个体出发的对世界的认识体系)不同,它立足于马克思主义立场,将个体的"世界观"置于整体的阶级意识之下观察,认为需要从阶级出发才能认识个体的世界观。本书统一将此概念译为"世界观"。——译注

在隶属于精神体系之整体的情况下才能做出选择。如果你认为米特里达特就是神父,你就是在做精神分析;但如果你认为米特里达特是高乃依,你就参照了一个同样完全任意以致相当平庸的心理预设。[这两种任意的]另一方面,作品含义止于此而非止于彼的决定也同样受[任意性]牵连①。大多数批评家自认为止于浅表保证了一个更大的客观性:通过停留在事实表面,人们可以更加尊重事实,假设的腼腆和平凡会是假设有效性的担保。由此,就有对事实特别小心且常常是细微的清点,然而,人们甚至就在阐释变得富有启发的那一刻,谨慎地打断了阐释。例如,有人发现在拉辛那里有一种对眼睛的强迫症,但他们禁止自己谈论恋物癖;有人指出拉辛残酷的表达方式,但却不想承认这涉及施虐狂,其借口就是 17 世纪不存在施虐狂这个词(这有点像人们拒绝重构某个国家某个过去时代的气候,借口就是那时候不存在年轮气候学);有人发现 1675 年左右,歌剧在取代悲剧,但这种精神状态的改变被归为**时机**:这是拉辛在《费德尔》之后沉寂的可能原因之一。然而,这种谨慎已经是一种系统性视角,因为事物不是在某种程度上进行意指,而是要么有所意指要么毫无意指:说它们在表面上意指,就已经站在世界这一边了。而当所有意指都是已被预先确认的,如何能够不倾向于那些被坚决置于人物(毛隆)或世界(戈德曼)最深处(有可能触及名副其实统一性的地方)的那些意指? R. 雅辛斯基冒险提出一些关键问题,他认为阿格里皮娜

---

① 萨特曾表示心理批评(例如布尔热[P. Bourge]的批评)中断地过早,正好中断在解释应该开始的地方。(《存在与虚无[*L'Être et le néant*]》,Gallimard,1948,第 643 页。)

塑造的是皇港。这很好，但我们难道看不出这样的等同只有在半途而废的情况下才是危险的？我们越是推进假设，假设越富有启发，变得更加可能；因为我们只有从这两者中推断出一个安放在拉辛式心理最深处的可怕典型，才能在阿格里皮娜身上发现皇港的影子：只有阿格里皮娜和皇港都是父亲（在完全精神分析的术语意义上），他们才可能等同。

实际上，批评者强加给意指的中断从来都不单纯。这个中断揭示批评者的处境，不可避免地为一个批评引入诸多批评。对拉辛的所有解读，都要求自己是非个人的，实际上这是一个投射性的测试。有些人表明了自己的参照：毛隆是精神分析学家，戈德曼是马克思主义者。我们要追问的是其他人。而由于他们是文学创作史学家，他们是如何表征这个创作的？在他们眼里，**作品**到底是什么？

首先且本质上是一种炼金术，一边有历史、传记和传统（来源）材料；然后，另一边（因为显然在这些材料和作品之间还有一个深渊）有**不知道是什么的东西**，用高贵且模糊的名称就是：**生成冲动**，**灵魂奥秘**，**综合**，简言之，**生活**。对于后者，除了腼腆的尊重，人们并不去关照它，但与此同时，又禁止触及它：这就是为了系统放弃科学。我们从而看到同样的精神在无关紧要的细节上因科学严格性而精疲力竭（一个日期或一个逗号耗费了多少心血），且大部分被毫无异议地交给作品的一个纯粹魔法式的概念：这里是对最严格实证主义的完全怀疑，那里是对经院解释永恒重言式的殷勤回归。正如鸦片用安眠的功效让人沉睡，拉辛用创造的功效进行创作：对莫测之事的奇怪观念总是设法为之找到细小的理由,而对科学的奇怪概念则成为对不可知之物心怀妒意的看管者。有趣的是,来自灵感的浪漫神话(因为总的来说,拉辛的**生成冲动**不过是缪斯的世俗名称而已)在此与整个科学主义装置联盟;由此,两个相互矛盾的意识形态①诞生了一个杂交的系统,也许诞生的是一个圆滑的旋转门;作品是否理性,取决于动机的需要:

> 我是鸟,看我的翅膀……
> 我是鼠,老鼠万岁!

我是理性,看我的证据。我是神秘,禁止靠近。

将作品看作(理性)要素之(神秘)综合的想法大抵既非真亦非假,这只是表征事物的一种方式(极有系统性且日期明确)。将作者及其情妇、朋友与作者笔下的人物等同起来,还有另外一种同样特别的方式。**拉辛就是 26 岁的俄瑞斯忒斯,拉辛就是尼禄;安德洛玛刻就是杜帕克;步洛就是韦塔特**(Vitart),等等,在拉辛批评中有多少这样的命题,这些批评证明让诗人所交往的人承受过度的关注是合理的,它们希望在悲剧人物中找到这些人的**变体**(又一个神奇的词汇)。**没有无中生有**;这个有机自然世界的法则光明正大地从怀疑走向文学创作:人物只能诞生于某个具体的人。当然人们还是假设[具体人的]生成性形象有一定的无关性,这样就可以试图抓住创作的幻想领域。但正相反,这是人们极尽

---

① H. 曼海姆(H. Mannheim)很好地提出实证主义的意识形态特征,此外,这丝毫没有影响实证主义的丰富性(《意识形态与乌托邦[*Idéologie et Utopie*]》,Rivière,1956,第 93 页)。

可能提出的境况性模仿,就好像**自我**只能保有它不能改变的模型这一点已经得到证实,从模型到模型的复制品,人们要求一个浅表的近乎幼稚的公共项:安德洛玛刻再现杜帕克,因为她们都是寡妇,忠诚且有孩子;拉辛再现俄瑞斯忒斯,因为他们有同样的激情,等等。心理学完全片面的视角正在于此。首先,除了具体的人,人物角色还可以来自完全不同的事物:冲动、欲望、对抗,甚或仅仅是悲剧情境的某种内在安排。并且,如果有模型,关系的**指向**也并不必然是类比:演变关系可以是颠倒,也可以说是反语的;人们没有多少勇气想象在创作中,否认和补偿现象与模仿现象同样有生命力。

人们在此更亲近文学中支配着所有传统表征的预设:作品就是模仿,作品有模型,而作品与其诸模型之间的关系只能是类比。《费德尔》上演的是乱伦欲望,依据类比教条,人们就在拉辛的生活中寻找乱伦的情况(拉辛与杜帕克的女儿)。即便是戈德曼如此关心作品及其所指间落脚点的多样化,他也让步于类比假设:帕斯卡尔与拉辛都隶属于一个政治上失利的社会群体,他们的世界观会**再现**这种失落,就好像作家除了一字不差地复制自己就没有别的本事了①。但如果作品恰好是作者所不知和未经历过的呢?并不必然需要精神分析才能将某个行动(尤其是文学中的行动,这种行动不会遭到任何当下现实的制裁)理解成某个意向相

---

① 另一个马克思主义者乔治·汤姆森(Geroge Thomson)比戈德曼要呆板得多,他在公元前 5 世纪的价值颠覆(他认为在希腊悲剧中可以重新找到这个颠覆的痕迹)与农村经济向商品经济的过渡(以货币的暴涨为特征)之间建立起生硬的类比(《马克思主义与诗歌》)。

反的符号;例如,**在某些情况下**(对这些情况的考察应该是批评本身的任务),忠诚的提图斯可以最终意味着不忠诚的拉辛,而俄瑞斯忒斯也许正是拉辛认为不应该成为的那种人,等等。应该走得更远,应该追问批评的主要努力是否应该集中在变形的过程,而不是模仿的过程;假设我们**证明**了某种模式,应该注意的是指出这种模型变形、否认甚或消除的是什么;**想象是曲解原意的;诗意行动在于拆解意象**:在实证主义批评继续赋予起源研究①以过度特权的情况下,巴什拉的这个命题仍然带有异端形象。奈特(Knight)的著作清点拉辛对古希腊的所有借鉴,毛隆的著作则试图理解这些借鉴是如何走样的,在他们值得尊重的著作之间,我们冒昧认为后者更加接近创作的秘密②。

更何况类比性批评最终与其他批评一样充满危险。恕我冒昧地说,类比性批评执迷于"寻觅"相似性,它只有一个办法:归纳;这种批评从假设性事实中提取可以迅速确定的结果,依据某种逻辑构造某个系统。**如果安德洛玛刻是杜帕克,那么皮鲁士就是拉辛**,等等。R. 雅辛斯基写道,如果由疯狂的争论**引导,我们就会相信拉辛遭遇了爱情不幸,《安德洛玛刻》的诞生就变得明白易懂**。人们要寻求某一点,自然就会找到了这一点。相似性扩散的方式有点像借口在偏执狂式语言中扩散的方式。不应该对此有所抱怨,对某个融贯性的证明一直是漂亮的批评表演;但难道

---

① 关于起源神话,参见:布洛赫,《历史学家的职业》,第 6、15 页。
② 批评毫无理由将某部作品、某个人物或某种状况的文学来源作为天然事实:如果拉辛选择塔西佗,那也许是因为在塔西佗那里已经有一些拉辛式的幻象:塔西佗也是以其所有选择和不确定性从心理批评中进行重建。

我们看不出，如果断断续续证据的内容是客观的，那么证明研究合理的预设本身不就完全是系统性的吗？如果假设是公认的，如果事实（无须放弃建立事实的传统保障）最终不再是某种心理选择的科学主义借口，那么通过某种矛盾的回归，在博学向明显相对的意指开放、不再装扮成永恒自然的样子时，博学也就最终变得有生命力了。R. 雅辛斯基假设"深层的自我"被处境和事端从而被传记材料修改。然而，这个**自我**的观念与（拉辛同时代的人所能想象的）心理学相去甚远，与当前的那些观念也相去甚远，对于后者来说，深层**自我**恰恰就是由某种结构的固定性（精神分析）或某种造成传记而非由传记决定的自由（萨特）所定义的**自我**。实际上，R. 雅辛斯基和我们一样将他自身的心理投射到拉辛身上，就像 A. 亚当绝对有权利说《米特里达特》的场景触动了"我们所拥有的最好事物"；施皮策只要不在后面称塞拉门尼斯叙事"荒谬和野蛮"，他的阐释显然就是规范的和极其合法的判断。让·波米耶的博学之所以令人喜爱，在于这种博学标记出了一些倾向、察觉出了一些主题，而非其他，简言之，这种博学是某些强迫症活生生的面具。有人敢对他这么说吗？是否会有一天对大学进行精神分析不再是渎圣？再回到拉辛，如果不将拉辛神话与**所有**谈及拉辛的批评相比较，还有人会认为我们能拆解拉辛神话吗？

　　心理学缔造了博学批评，且总的来说，它也主宰了朗松①体系的诞生。我们有权要求这个心理学有所更新，少追随泰奥迪

---

① Gustave Lanson，法国著名文学史家、教育家、文学批评家，曾任俄国宫廷文学课程讲师、巴黎大学文学院教授，提倡对作品进行客观和历史的研究。——译注

勒·里博(Théodule Ribot)。但我们甚至不这样要求,我们只要求心理学公示其选择。

　　文学以其整个制度面貌呈现在客观研究面前(这里还是像在历史中,批评家毫无掩盖自身处境的兴趣)。如果不用已被征用的术语,如何触及事物的背面,触及连接作品及其创作者的这个微妙关联? 有关人的所有研究方式中,心理学是最**不可信**的,也是人之时代最为强调的。实际上,对深层自我的**认知**是虚幻的:只有一些谈论深层自我的不同方式而已。拉辛顺应多种语言:精神分析、存在主义、悲剧和心理学(人们还可以发明别的语言,人们将会发明别的语言);没有任何语言是单纯的。但认识到关于拉辛我们无力**讲真话**,最终正是为了意识到文学的特殊身份。文学处于矛盾之中:文学是对象和法则、技术和作品的总和,文学在我们社会一般经济中的功能正是**将主体性制度化**。为了追随这个运动,批评必须让自己变得矛盾,公示这一令其以此种而非别种方式谈论拉辛的命运的赌注:批评也是文学的一部分。这里的第一个客观原则就是宣告解读体系的存在,并明白其中并无中立。我对我所引的所有研究①毫无异议,我甚至要说我会因为

---

① 所引著作:

　　A. Adam, *Histoire de la littérature française au XVIIe siècle*, tome IV, Domat, 1958, p. 391.

　　M. Bloch, *Apologie pour l'histoire ou métier d'historien*, Armand Colin, 1959, 3e éd., p. xvii -111.

　　L. Goldmann, *Le Dieu caché*, Gallimard, 1955, p. 454.

　　M. Granet, *Études sociologiques sur la Chine*, PUF, 1953, p. xx -303.

各种原因赞赏这些研究。我只是感到遗憾,如此多的注意力都服务于一个混乱的缘由:因为如果我们想做文学史,必须放弃拉辛这个个体,有意走向技术、规则、仪式和集体意识的层面上去;如果我们想要在拉辛那里安家(不管以何种理由),如果我们想要谈论拉辛式的**自我**(这不只是一个词),必须能够接受看到这样的情况——最微不足道的知识一下子变得具有系统性,最审慎的批评表现出自身是完全主观和历史的。

R. Jasinski, *Vers le vrai Racine*, Armand Colin, 1958, 2 vol., p. XXVII, 491 −563.

R. C. Knight, *Racine et la Grèce*, Paris, Boivin, 1950, p. 467.

Ch. Mauron, *L'Inconscient dans l'œuvre et la vie de Racine*, Gap, Ophrys, 1957, p. 350.

J. Orcibal, *La Genèse d'Esther et d'Athalie*, Vrin, 1950, p. 152.

R. Picard, *La carrière de Jean Racine*, Gallimard, 1956, p. 708.

J. Pommier, *Aspects de Racine*, Nizet, 1954, p. XXXVIII −465.

Thierry Maulnier, *Racine*, Gallimard, 43ᵉ éd., 1947, p. 311.

人名地名译名表

(含神话和文学作品中的人物名)

Achab　亚哈
Achille　阿喀琉斯
Acomat　阿科玛
Adam, Antoine　安托万·亚当
Agrippine　阿格里皮娜
Alexandre　亚历山大
Aman　阿曼
Amurat　阿穆拉特
Andromaque　安德洛玛刻
Antigone　安提戈涅
Antiochus　安条克
Arcas　阿尔卡
Argos　阿尔戈斯
Ariane　阿里安
Aricie　阿里茜
Assuérus　亚哈随鲁
Astyanax　阿斯堤阿那克斯

Atalide   阿塔利德
Athalie   亚她利雅
Atreides   阿特柔斯
Attale   阿塔尔
Axiane   阿西妮
Baal   巴力
Bajazet   巴雅泽
Bérénice   贝雷尼丝
Bloch, Marc   马克·布洛赫
Bourget, Paul   保罗·布尔热
Britannicus   布里塔尼居斯
Burrhus   步洛
Buthrot   布特林特
Calchas   卡尔克斯
Casarès, Maria   玛丽亚·卡萨尔
Céphise   瑟菲斯
Champmeslé   尚梅兰
Claude   克劳德
Cléofile   克莱奥菲尔
Clytemnestre   克里尼丝特拉
Corelli, Arcangelo   阿尔坎杰罗·科雷利
Corneille   科尔内耶
Créon   克瑞翁
Cuny   屈尼
Danaos   达那奥斯

D'Orange, Guillaume　纪尧姆·德·欧朗日

Doumer, Paul　保罗·杜美

Du Parc　杜帕克

Éliacin　埃利亚新

Élise　艾莉丝

Énéades　埃涅阿斯的同伴们

Épire　伊庇鲁斯

Érechtée　厄瑞克透斯

Ériphile　艾丽菲尔

Esther　以斯帖

Etéocle　厄特克勒斯

Febvre, Lucien　吕西安·费夫尔

Francastel, Pierre　皮埃尔·弗朗卡斯特尔

Galuppi, Baldassare　巴尔达萨·加路比

Giraudoux　吉罗杜

Goldmann, Lucien　吕西安·戈德曼

Gramont　格拉蒙

Granet, Marcel　葛兰言

Hector　赫克托

Hémon　海蒙

Henriette　昂里埃特

Hermione　赫耳弥俄涅

Honegger, Arthur　阿瑟·奥涅格

Hougue　拉乌格

Hyménée　许门

Hippolyte   希波吕托斯
Ilion   伊利昂
Iphigénie   伊菲革涅亚
Jasinski, René   勒内·雅辛斯基
Javeh   耶和华
Jézabel   耶洗别
Joad   耶何耶大
Joas   约阿施
Jocaste   伊俄卡斯忒
Joram   约兰
Josaphat   约沙法
Josheba   约示巴
Junie   朱妮
Kemp, Robert   罗伯特·肯普
Knight, Roy Clement   罗伊·克莱蒙·奈特
La Thébaïde   德巴依特
Lemaître   勒迈特
Lesbos   莱斯沃斯岛
Mardochée   末底改
Mathan   马唐
Maulnier, Thierry   蒂埃里·莫尼埃
Mauron, Charles   查尔斯·毛隆
Ménélas   墨涅拉俄斯
Michelet, Jules   儒勒·米什莱
Minos   迈诺斯

Mithridate 米特里达特
Monime 莫妮姆
Nabal 拿八
Narcisse 纳西瑟斯
Necker, Jacques 雅克·内克尔
Néron 尼禄
Niobé 尼俄伯
Noé 挪亚
Ochosias 亚哈谢
Oenone 俄诺涅
Orcan 奥尔汗
Orcibal, Jean 让·奥西巴尔
Oreste 俄瑞斯忒斯
Ostie 奥斯提
Pasiphaé 帕西法尔
Paulin 保兰
Pharnace 法尔纳斯
Phèdre 费德尔
Phénice 菲尼斯
Phoenix 菲尼克斯
Picard, Raymond 雷蒙·皮卡尔
Pichois, Claude 克劳德·皮舒瓦
Polynice 波吕尼克斯
Pommier, Jean 让·波米耶
Ponce-Pilate 蓬斯－皮拉特

Porus   波鲁斯

Poulet, Georges   乔治·普莱

Pyrrhus   皮洛斯

Rabelais   拉伯雷

Ribot, Théodule   泰奥迪勒·里博

Roxane   罗克桑娜

Sainte-Beuve   圣伯夫

Sarcey   萨尔赛

Segrais   塞格雷

Sévigné   塞维尼

Spitzer, Léo   雷奥·施皮策

Starobinski, Jean   让·斯塔罗宾斯基

Taine, Hippolyte   依波利特·丹纳

Taxile   塔克希尔

Thèbes   忒拜

Théramène   塞拉门尼斯

Thésée   忒修斯

Théti   忒提斯

Thomson, Geroge   乔治·汤姆森

Titus   提图斯

Trézène   特罗曾

Ulysse   尤利西斯

Vespasien   维斯帕先

Vilar   维拉尔

Vitart   韦塔特

Wegener, Alfred　阿尔弗雷德·魏格纳
Xipharès　希法赫斯
Zacharie　撒迦利雅
Zarès　查海斯

术语对照表

Aggression　侵犯

Alexandrin　十二音节诗

Allusion　影射

Alternative　非此即彼

Ambiguïté　模糊性

Antériorité　先前性

Apparence　表象

Bonne conscience　良知

Bonne foi　善意

Bourgeoise　布尔乔亚

Concavité　凹形

Constellation　星群/布局

Contiguïté　邻近性

Couple　对子

Critique　批评

Dénégation　否认

Diction　朗诵

Division　分裂

Dogmatisme   独断主义
Double   复本/复制品
Durée   绵延
Échange   替换
Élan générateur   生成冲动
Erinye   破坏力
Éros sororal   兄妹/姐妹/姐弟情欲
Éros   情欲
Éros-événement   事件性情欲
Éros-habitude   习惯性情欲
Étouffer   压抑
Fantasme   幻象
Fétichisme   恋物癖
Figure   形象
Homo racinianus   拉辛的人
Hypotypose   生动描绘
Image   意象
Instance   法庭
Logos   逻各斯
Lumière noir   黑光明
Mana   超自然力
Marque   标志
Massivité   整合性
Matière   质料/素材
Mauvaise foi   自欺

Médiatiser 提供中项

Moi 自我

Mythique 神话的

Obsession 强迫症

Ombre 阴影/荫蔽

Ordre 秩序/种类/范畴

Personnage 人物

Péripétie 突转

Pétition de principe 假定起始

Physis 自然

Praxis 实践

Précisément 恰巧

Protocole 程式

Psyché 心理

Reflet 反射/映像

Regard 观看/注视/目光

Représentation 表现

Revirement 转变

Rubato 散板

Scène （戏剧）场景/舞台

Scission 分化

Sens 意义/方向

Sérail 宫廷

Sexe 性别

Sexualité 性

Signifiant　能指
Signification　意指/意味
Signifié　所指
Situation　处境
Spectacle　演出/景观
Substance　实体
Sujet　主体/臣民
Transparence　通透性
Vendetta　族间仇杀
Vision du monde　世界观

译后记

　　我不愿写译后记,因为按照罗兰·巴尔特关于"作者已死"的判断,译者在译文中就应该已经死了。可本丛书的主编对我说:"没有译后记的译著,就像没有出生证明的孩子。"于是那位努力在译文中装死的译者,又必须在书末诈尸写一份出生证明。据说,读者喜欢看这样的双重悲剧。可这到底要证明什么呢?我想多半不是在证明译者的再创作,因为这个再创作如果存在的话,也是存在于译文中;读者在"译后记"中喜闻乐见的,应该是译者的镣铐及其喜剧效果的诞生。

　　这本书的翻译有其独特的镣铐和喜剧效果。我不是拉辛的研究者,也不是罗兰·巴尔特的研究者,从学术训练和研究经历来说,我只能勉强算作一个同时懂哲学和法语的福柯研究者。按照翻译应以研究为基础的美好理想,我本不具备翻译罗兰·巴尔特这本《论拉辛》的研究基础;如果再要把拉辛、罗兰·巴尔特归属于文学领域,又同时将文学和哲学截然区分的话,我就更是一个彻彻底底的门外汉了。但在这两点成为喜剧因素之前,必须提及一个不容忽视的戏剧因素:本书涉及的十一部拉辛戏剧只有三部(分别是齐放译《昂朵马格》、张廷爵译《勃里塔尼古斯》、华辰译《费德尔》)被译为中文,而且还是20世纪80年代的译本。在我作为门外汉着手翻译前的研究准备工作时（恐怕内行也要遭遇同样的窘境），能够参考的中文翻译寥寥无几。这对于翻译罗兰·巴尔特这本融贯拉辛戏剧分析的文学批评著作来说，意味着连镣铐都不是现成的。

也许有人会说，这样的翻译工作意味着更大的创作空间。但不要忘了，《论拉辛》不是文学作品，罗兰·巴尔特极具法国20世纪60年代思想特征的文学分析和批评是不容许创作的。拉辛戏剧是文学作品，如巴尔特所言，它"既是意指的安置，又是意指的落空"，巴尔特可以为这样的文学形式赋予具有丰富思想内涵的解读，游走在"安置"与"落空"之间广袤的空间里，并以充足的文学批评理由声称"我试图描述这个世界的居民，而毫不参照他们在我们这个世界的任何来源（出处，如历史或传记）"。但对这个解读的翻译却不能带入文学思想上的主张，否则就可能是一种失败。例如，20世纪80年代齐放先生将拉辛法文戏剧 *Andromaque* 译作《昂朵马格》，这看起来是颇具文学情趣的名字，但拉辛的"昂朵马格"并非没有历史背景和指涉，这个人物形象正是依据古希腊悲剧中的安德洛玛刻（20世纪60年代罗念生根据希腊文翻译的译名）来创作的。拉辛所有戏剧创作的一个根本特质就是使用古代神话/戏剧中的人物甚至故事情节，但这种使用包含丰富的考古学层面上的变化，正如福柯在《疯狂史》中评论拉辛戏剧时所言，知识的考古学"在悲剧的一个简单电光疾闪中，在安德洛玛刻最后的话中"就已经全都告诉我们了。在《论拉辛》这本书中，涉及很多这样具有考古学内涵的人物形象，因此，我在翻译中除了在译名上尽量保持其历史辨识度之外，就是用大量脚注补充其中可能涉及的历史背景。而这正是翻译《论拉辛》时所戴镣铐的与众不同之处:既不能单纯从文学审美的角度来创作,又要考虑文学创作和批评所包含的历史和思想蕴涵。

这也能更好地说明上面所及两点喜剧因素造成的喜剧效果。这个喜剧效果也是双重的:一重是歪打,一重是正着。让一个福柯研究者翻译罗兰·巴尔特研究拉辛戏剧的著作,这纯属歪打。在正统拉辛(戏剧)研究者或巴尔特(文学批评)研究者的语境里,这样的译本出现术语偏差或造成疏离感也许是不可避免的。但如果朝积极的方面来看,这种间距也会产生种种思想张力,也许可以在呈现译著独立性(独特性)的同时,展开一些打破学科界限的可能,这首先就是文学和哲学的界限。巴塔耶在《内在经验》中指出了思想操练中极端的和也许不可能之事物的特征,他追求"可能性之极端",这在布朗肖那里就形成了"文学空间",而雷蒙·鲁塞尔则通过他的写作发现语言用法的边界,将语言的违抗功能赤裸裸地展现出来。文学中所有这些在边缘性上的努力,在很大程度上照亮了我们实践和知识的整个历史,而后者正是哲学的领域,或者是传统哲学自以为可以居高临下掌控从而忽视的领域。文学和哲学之间的这种关系,让我在翻译罗兰·巴尔特的拉辛戏剧分析中既如鱼得水又受益匪浅,我对巴尔特所在时代结构主义哲学风貌的把握能够帮助我理解巴尔特在文学性的分析语言中所包含的种种深刻旨趣,如巴尔特说到"正是人们在力量关系中的位置,将某些人归入男性气质,另一些人则被归入女性气质,而这与其生物学性别无关",巴尔特从拉辛戏剧中归结出的这种力量关系与福柯的权力理论异曲同工,这种社会权力与个体性事之间的同构关系正是福柯晚期在《性史》中的重要主张。而这种同构关系的揭示,很难说是巴尔特或福柯的创举,更不能算作拉辛的创造,因为这在古希腊社会即已司空见惯。这样的例子还有很多,无不说明跨领域翻译带来的"歪打正着"的喜剧效果。

最后,想就我的翻译风格作一点说明。国内哲学领域的翻译有一种现象,就是把外文中很日常清晰的表达翻译成中文中很佶屈聱牙、似是而非的高深概念,康德的"物自体"算是其中一例。我在翻译《论拉辛》的第一部分 L'Homme racinien 时,也遇到了这个问题。巴尔特在这一部分谈论的是拉辛悲剧世界中的人,当然因为拉辛在他的悲剧世界中创造了一种"人类学",这个"人"本身是个抽象概念,指的是那些具体人物所体现的特定(拉辛式)的"人"的概念,而这个"人"的概念因为是拉辛通过他的悲剧塑造或体现的,所以有 l'homme racinien 或 homo racinianus 这样的说法。有人认为这个拉丁语说法应与"经济人(homo economicus)""社会人(homo sovieticus)"属于一类。甚至,因为巴尔特在同一年(1963年)的文章《结构主义活动》里谈到一种"结构人(l'homme structural)",所以,同一时期的 l'homme racinien 的提法也应与此相呼应,即译作"拉辛人"。我开始将其译作"拉辛笔下的人",就是一方面要表明这包括拉辛悲剧作品中的具体人物,另一方面"人"也可以表示拉辛人类学中的"人"这个概念。我倾向于贴近本意和比较朴实的译法,并认为依据经济人、社会人、结构人的说法译出一个"拉辛人",有哗众取宠、故意制造生僻或权威术语的嫌疑,我本人是排斥后者的。当然,更重要的是经济、社会、结构与拉辛不是一个层面上的概念,前三个都可以是某种认知领域或方法,但拉辛这个词肯定指作者拉辛这个人,用作者命名一个抽象概念并不是一个特别结构主义的做法,尤其巴尔特也不想特别强调拉辛本人作为他所塑造的"人"的概念的唯一标志。谨以此表明我在一些译法上的个人倾向及理由。

　　当然,以上说辞丝毫没有要取消对巴尔特文学批评文字的专业翻译。所幸西北大学出版社在我初译稿交付之后,特意邀请专门研究巴尔特的林佳信博士、有着丰富法国理论翻译经验的吴子枫老师以及"精神译丛"主编陈越老师进行校对,他们耐心、细致和专业的捉虫工作让这最终的译本避免了诸多不必要的错漏之处。不过,出于对原文的整体理解,对于某些有争议的翻译我还是保留了我自己的译法,译本最终如仍有错漏,责任当在我本人。翻译无止境,希望这个译本能够抛砖引玉,至少成为更精进翻译和研究的一块垫脚石。译事不易,除了语言巴别塔本身的障碍以外,还有更多与社会认同、学术历史以及市场运作相关的困难。但既然只有在艰难中才显进步,遂愿迎难而上者前仆后继。

汤明洁
2019 年 10 月 1 日
2020 年 3 月 31 日

著作权合同登记号：陕版出图字 25-2016-0241

图书在版编目(CIP)数据

论拉辛／（法）罗兰·巴尔特著；汤明洁译. ——西安：西北大学出版社,2020.5
ISBN 978-7-5604-4483-3

Ⅰ.①论… Ⅱ.①罗… ②汤… Ⅲ.①拉辛（Racine, Jean Baptist 1639—1699）—戏剧文学评论 Ⅳ.①I565.073

中国版本图书馆 CIP 数据核字（2019）第 299318 号

论拉辛
［法］罗兰·巴尔特 著
汤明洁 译

出版发行：西北大学出版社
地　　址：西安市太白北路 229 号
邮　　编：710069
电　　话：029-88302590
经　　销：全国新华书店
印　　装：陕西博文印务有限责任公司
开　　本：889 毫米×1194 毫米　1/32
印　　张：7.75
字　　数：160 千
版　　次：2020 年 5 月第 1 版　2020 年 5 月第 1 次印刷
书　　号：ISBN 978-7-5604-4483-3
定　　价：62.00 元

本版图书如有印装质量问题，请拨打电话 029-88302966 予以调换。

Sur Racine

By Roland Barthes

Copyright © Éditions du Seuil, 1963

Chinese simplified translation copyright © 2020

By Northwest University Press Co., Ltd.

ALL RIGHTS RESERVED

精神译丛（加*者为已出品种）

第一辑
*从莱布尼茨出发的逻辑学的形而上学始基	海德格尔
*德国观念论与当前哲学的困境	海德格尔
*正常与病态	康吉莱姆
*孟德斯鸠：政治与历史	阿尔都塞
*论再生产	阿尔都塞
*斯宾诺莎与政治	巴利巴尔
*词语的肉身：书写的政治	朗西埃
*歧义：政治与哲学	朗西埃
*例外状态	阿甘本
*来临中的共同体	阿甘本

第二辑
*海德格尔——贫困时代的思想家	洛维特
*政治与历史：从马基雅维利到马克思	阿尔都塞
论哲学	阿尔都塞
*赠予死亡	德里达
*恶的透明性：关于诸多极端现象的随笔	鲍德里亚
*权利的时代	博比奥
*民主的未来	博比奥
帝国与民族：1985—2005年重要作品	查特吉
*政治社会的世系：后殖民民主研究	查特吉
*民族与美学	柄谷行人

第三辑

*哲学史:从托马斯·阿奎那到康德	海德格尔
试论布莱希特	本雅明
*论拉辛	巴尔特
马基雅维利的孤独	阿尔都塞
写给非哲学家的哲学入门	阿尔都塞
*康德的批判哲学	德勒兹
*无知的教师:智力解放五讲	朗西埃
野蛮的反常:巴鲁赫·斯宾诺莎那里的权力与力量	奈格里
狄俄尼索斯的劳动:对国家形式的批判	哈特 奈格里
免疫体:对生命的保护与否定	埃斯波西托

第四辑

古代哲学的基本概念	海德格尔
黑格尔精神现象学的起源与结构	伊波利特
卢梭讲义	阿尔都塞
野兽与主权者 I	德里达
野兽与主权者 II	德里达
黑格尔或斯宾诺莎	马舍雷
第三人称:生命政治与非人哲学	埃斯波西托
二:政治神学机制与思想的位置	埃斯波西托
领导权与社会主义战略:走向激进的民主政治	拉克劳 穆夫
德勒兹:哲学学徒期	哈特

第五辑

基督教的绝对性与宗教史	特洛尔奇
生命科学史中的意识形态与合理性	康吉莱姆
哲学与政治文集（第一卷）	阿尔都塞
疯癫，语言，文学	福柯
追随斯宾诺莎：关于斯宾诺莎学诸学说与历史的研究	马舍雷
斯宾诺莎《伦理学》导读（卷一·解放之途）	马舍雷
斯宾诺莎《伦理学》导读（卷二·论心灵）	马舍雷
拉帕里斯的真理：语言学、符号学与哲学	佩舍
速度与政治	维利里奥
《狱中札记》新选	葛兰西